Wir haben ein leeres Geheimnis gelüftet

Von derselben Autorin oder demselben Autor

Wenn der Zauber Einlass fordert

Das weiße Haus mit den weißen Dachziegeln

Schau hoch, ich lass mich fallen

Vergangenes noch heute

klein ist die Seele

theodoros iatridis

Wir haben ein leeres Geheimnis gelüftet

Inhaltsverzeichnis

Einleitung

Georg:

Verzeih mir, Leben, dass du mir nicht genug warst ...

1

„Hey Ani, mein Vater kam heute mit einer Tüte voller Schokoladenriegel von der Arbeit. Er meinte, er wolle sich ändern."

„Jackpot! Klingt nach einer Schokiparty epischen Ausmaßes."

„Es war nicht ehrlich. Leblose Augen, gequältes Lächeln, mein Vater ist ein miserabler Lügner."

„Ach, Perle, Menschen ändern sich. Gib ihm eine Chance."

„Er hat den Küchentisch beiseitegeschoben, die Musik laut aufgedreht und hat getanzt. Das sah lächerlich aus – wie er mit den Armen schwang, sich drehte und mit dem Hintern wackelte. Ich sage dir, Ani, so habe ich ihn noch nie erlebt. Mama und Mathea haben gelacht und ich kann mich nicht erinnern, je so viel Spaß in unserem Haus gehabt zu haben."

„Ich mag deinen Vater."

„Ich nicht."

Ich heiße Ina und bin die Tochter des grimmigen Mannes, der seinen Kopf vergangenes Wochenende am Frühstückstisch in sein Omelett gelegt hat. Es wirkte wie ein, *ich bin müde,* oder ein, *schönes Omelett schaut aus wie ein weiches Kissen.*

Es war gegen neun Uhr früh und die Sonne leuchtete durchs doppelflügelige Küchenfenster, als wolle sie sagen: *An einem herrlichen Morgen passieren nicht zwangsläufig herrliche Dinge.*

Der grimmige Mann war grau und Anfang fünfzig, also viel zu jung zum Sterben, aber der Tod schert sich nicht um das Alter. Er sagt dir: *3 ... 2 ... 1, deine Zeit ist abgelaufen.* Vielleicht sagt er auch gar nichts, weil er seinen Job leid ist. Ich wäre es.

Leben zu schenken, gehört für mich zu den schöneren Aufgaben: *Schau, das ist unser Baby.*

Der Tod, der seinen Job liebt, kann mir gestohlen bleiben. *Ist es nicht ein herrlicher Tag? Du bist tot, meine Liebe, komm, ich zeige dir dein neues Zuhause und dann trinken wir einen.* Mit dem Tod einen trinken und währenddessen seinen Anekdoten lauschen – ich denke nicht, dass ich mir auf die Schenkel klopfen und *johei, das klingt spaßig,* rufen würde.

Der Tod kam lautlos und der grimmige Mann wirkte in seinem Omelett nicht mehr grimmig. Er wollte sich ändern und wir glaubten, das sei sein Weg raus aus der gewohnten Verbitterung und hinein in die verspielte Lebensfreude. Ich dachte: *Das ist nicht lustig, das ist kindisch, Papa,* aber wir lachten. Meine Schwester Mathea lachte am lautesten und das Essen aus ihrem Mund verteilte sich auf der beigefarbenen Tischdecke, auf der rote Amaryllis und blaue Schneeglöckchen abgebildet waren. Mama klopfte ihm auf die Schulter: „Was treibst du da? Das Omelett ist für dich gewesen und du hast deinen schönen Pulli versaut.“

Der Pulli war ein früheres Weihnachtsgeschenk, den er nicht ein einziges Mal angezogen hatte, weil er ihm zu weiblich erschien. Es war ein lachsfarbener Pullover aus Kaschmir. Ausgerechnet an einem warmen Sommermorgen hat er ihn angezogen. Grimmiger Mann schien seine Vergehen wiedergutmachen zu wollen. Ich erinnere mich noch, wie Mama geweint hat, weil Papa ihren Geschenken keine Bedeutung beimaß. Sie sagte: „*Tut es dir so weh, mir eine Freude zu bereiten? Ist dir deine Eitelkeit wichtiger als mein Lächeln?*“

So lag er nun wie ein toter lachsfarbener Fisch in seinem Omelett und rührte sich nicht, und das Gelächter am Tisch wich einer Hysterie.

„Papa?“, flüsterte ich zuerst, „Papa!“, schrie ich im Anschluss. Ich stand auf und der Stuhl kippte hinten weg. Er fiel auf den mattweißen Fliesenboden und brach entzwei. Alter Stuhl hatte die besten Jahre hinter sich.

Papa hatte ihn von einem Trödelmarkt. Er kam mit einem Lächeln – *ein Schmuckstück* – und nun ging er mit unserem Lächeln.

Alter grimmiger Mann, du bist zu früh gegangen. Nach all dem Leid, das du uns zugefügt hast, wo bist du jetzt, um beklagt zu werden? Mama kippte ihn langsam nach hinten auf den Boden und leistete Erste Hilfe. Ich verständigte den Notarzt und Mama weinte und schwitzte und rang nach Luft. Es war wie ein, *ich gebe mein Bestes, Ehemann,* oder ein, *ich möchte mir nichts vorwerfen müssen.* Alte, nicht sehr alte Frau tat ihr Möglichstes. Meine jüngere Schwester lief in ihr Zimmer und schrie. Arme kleine Schwester wächst nun ohne grimmigen Vater auf.

Sei erfreut, Schwesterherz, denn das Leid deines Vaters würde auf dich übergehen. Sei erfreut, denn diese Last musst du nicht mehr auf dich nehmen. Du wirst mit einer Leichtigkeit aufwachsen, die mir fremd geblieben ist, da bin ich mir sicher. Aber vielleicht wäre dir Papa ein besserer Vater geworden, als er es für mich war.

Der Krankenwagen rauschte an. Großes Getöse für zehnminütige Hektik. Großes Getöse für kurze Sätze.

„Es tut uns leid. Ihr Mann ist tot."

Mama weinte und ich stand nur da und blickte in leblose Augen. Ich werde diesen Blick nie vergessen können. Er wirkte fragend. So, als wolle Papa wissen, wieso wir aufgebracht waren. Der Mund war leicht geöffnet.

Der Arzt, ein großer Mann mit einem Schnurrbart, klopfte mir auf die Schulter und sagte: „Dein Vater wird in dir weiterleben."

Ich hoffe nicht, dachte ich, *ich hoffe doch,* dachte ich. Papa ist gegangen, ohne dass ich ihn zur Rechenschaft ziehen konnte. Meine Liste ist lang, ich werde sie nicht abarbeiten können: *Du hast mich angeschrien. Du hast mich klein gemacht. Du hast mich geschlagen – waren es auch nur seelische Prügel.* Und er würde wohl sagen: *Ich wollte nur das Beste für dich. Ich liebe dich. Es tut mir leid –* vielleicht.

Ich werde seine Stimme nicht mehr hören. Weder seinen Schmerz spüren, noch seine uns versprochene Lebensfreude erleben. Ich werde ihm nicht mehr aus dem Weg gehen können, noch werde ich in meiner

Wut einen Blick auf ihn erhaschen können. Er ist weg. Wie bescheuert das alles ist – von jemandem weggehen und gleichzeitig seine Nähe spüren zu wollen. Ich bin Opfer des Stockholm-Syndroms: *Schikaniere mich, um dich lieben zu können.* Ist das der Weg, den du mich gelehrt hast, Papa? Vielleicht hast du mir gar nichts gelehrt, weil du selbst noch in der Lehre warst.

Die Sanitäter hoben ihn auf die Trage, nahmen ihn mit und wir blieben allein zurück – in einem Haus, das ohne ihn leer wurde. Welch großen Wert eine Menschenseele hat, wird einem erst bewusst, wenn die Menschenseele ihren Hut aufsetzt, durch die Tür spaziert und nicht mehr wiederkehren wird. Vier minus eins gleich null. Ich umarmte Mama und sie weinte in meinen Armen, während ich über ihre Schulter ins Wohnzimmer blickte. Zum ersten Mal bemerkte ich, dass keine Familienfotos in unserem Haus hingen. Kahle weiße Wände zeigten mir, wie lieblos mein Zuhause bisher gewesen war und wie lieblos mit mir umgegangen wurde. Warum sollte ich also um den Mann weinen, der dem Leben nichts abgewinnen konnte, weil er zu verbittert um sein eigenes war?

Ich hatte Fragen. In meinem Kopf wurde das Riesenrad angeschaltet und es drehte sich unaufhörlich und wurde immer schneller. Ich war sein einziger Fahrgast. Mir wurde schummrig. Ich bekam Flügelchen, flog aus der Fahrgastzelle und verschwand in einen Wald. Als ich wieder zu mir kam, weinten Schwesterchen und Mama über mir.

„Gott sei Dank, du bist wieder wach", schluchzte Mathea und sie drückte mir die Luft weg. Dünne Ärmchen sind stärker als gedacht.

„Ich bekomme keine Luft", flüsterte ich und sie ließ von mir ab.

„Was ist passiert?", fragte ich.

„Du bist ohnmächtig geworden", antwortete Mama.

Ich sah in zwei erleichterte Gesichter. Aus Trauer wurde Freude. Das Schicksal zeigt einem manchmal, dass es immer schlimmer kommen könnte. Zwei Leben wiegen schwerer als eines allein.

Die Tage vergingen: Schulbefreiung, Leichenschau, mitfühlende Blicke. Die Beerdigung rückt näher – nur noch zwei Stunden. Ich stehe in meinem Zimmer vor dem Spiegel und blicke um mich. Meine Zimmerwände sind nicht kahl – ich habe sie mit Postern beklebt und stellenweise mit einem roten Stift bekritzelt. Neben meinem Bett steht an der Wand geschrieben: *Fuck off, Daddy*.

Mein Mobiltelefon vibriert: *Mein herzliches Beileid ...* – Sophia, eine Klassenkameradin, ist ein liebes Mädchen. *Ich habe von deinem Vater gehört* ... – und Alex, ein Klassenkamerad, zeigt sich von seiner sensiblen Seite.

„Schaust du auf mich, Papa? Seit du nicht mehr hier bist, bekomme ich die Liebe, die ich mir schon immer gewünscht habe."

Ich weine.

„Warum bist du nicht hier, um mich zu lieben, Papa?"

„Ina, wir müssen los!"

Mama ruft mich und ich verlasse das Zimmer, das in Zukunft hoffentlich nicht mehr Tränen sehen wird, als es deinetwegen schon gesehen hat, Papa.

2

Wir fahren von der Kirche zum Friedhof, meine Schwester sitzt auf der Rückbank und ich auf dem Beifahrersitz neben meiner Mutter.

In der Kirche lächelten mir fremde Gesichter zu. Es war eine Mischung aus einem *Hallo* und einem *mein herzliches Beileid*, begleitet mit einem leichten Kopfnicken. Ich fühlte mich unbehaglich. Am liebsten hätte ich sie alle angebrüllt, so etwas wie: Er war ein Scheißkerl und jetzt schaut weg, denn ich bin keine *seht her*, ich bin eine *lasst mich in Ruhe*. Ich tat es nicht. Stattdessen habe ich meinen Kopf gesenkt, mir auf die schwarzen Lackschuhe geblickt und festgestellt, dass ich sie vorher hätte putzen sollen, denn sie waren staubig. Ich zog ein Taschentuch aus meiner schwarzen Jeans, beugte mich hinunter und rieb mir die Schuhe glänzend. Komisch, dass mir das zu Hause nicht aufgefallen war. Gedanken vernebeln die Sicht – es ist ein Gesetz. Wie sonst hätte es möglich sein sollen, den Staub nicht vorher bemerkt zu haben?

Mama sagte, die Menschen mit den fremden Gesichtern seien frühere Freunde meines Vaters. Sie würden ihm die letzte Ehre erweisen wollen. Für mich wirkte es so, als wollten sie sagen: *Auch wenn wir nicht mehr die gewesen sind, die wir einst waren – ich ehre dich, mein Freund, der du nicht mehr mein Freund gewesen bist.*

Onkel Niko, der nicht mein Onkel ist, sondern der beste Freund meines Vaters war, setzte sich zwischen meine Mutter und mich. Onkel Niko ist ein gutaussehender Mann. Man merkt ihm seine Fitness an – ein gerader kräftiger Rücken und ein spritziger wendiger Gang lassen ihn jünger erscheinen. Ich habe ihn stets fröhlich erlebt. Vielleicht, weil er allein lebt. *Keine Kinder und keine Frau zu haben, können einem nicht den letzten Nerv rauben,* sagte Papa immer, wenn wir auf Nikos Jugendlichkeit zu sprechen kamen.

In der Kirche hat er am lautesten geweint. Wenn Männer wie Niko, großgewachsen und stark gebaut, weinen, wirkt es so, als stünde die Welt schief. So, als würden die Säulen unserer Welt bröckeln. *Dabei ist ein muskulöser Mann doch auch nichts weiter als ein zerbrechliches Wesen wie jedes andere auch, nicht wahr, Papa?* Seine Hände zitterten und Mama griff nach einer dieser Hände und spendete ihm Trost. In diesem Augenblick, inmitten von Trauernden, unter hohen steinernen Decken und umgeben von buntem Kirchenglas, wirkten sie wie ein Liebespaar. Als wäre Mama eine tröstende Begleitung für den Mann gewesen, der seinen besten Freund seit Jugendzeiten verabschiedete. *Mama benötigte keinen Trost?*

Meine Klassenkameradinnen waren auch anwesend und weinten. Sophia habe ich vermisst. Sie sagte, ihr Vater wolle allein kommen. Wer ihr Vater ist, weiß ich nicht, sonst hätte ich ihr liebe Grüße zukommen lassen. Vielleicht haben meine Klassenkameradinnen geweint, weil sie Papa in den kurzen Begegnungen bei mir zu Hause zu mögen gelernt haben. Projektarbeiten waren für Papa stets Clownshows und sie lachten mit ihm über ihn.

„Dein Papa ist cool", hörte ich oft.

„Nur zu Fremden", antwortete ich stets.

Vielleicht weinten sie aber nur, weil sie sich in diesem Sarg ihren eigenen Vater vorgestellt haben: *Papa darf jetzt nicht sterben.*

Halten wir fest: Sie weinten, ich nicht, denn irgendwie fühle ich mich seit seinem Tod frei, aber das ist nur die halbe Wahrheit. Mein Leben ist unbeschwert und gleichzeitig schuldbeladen, weil ich eben unbeschwert fliege und lache.

Ani saß neben mir. Sie ist meine beste Freundin, meine, *wo du auch hingehst, ich klebe an dir,* meine *unzertrennlich.*

Seit Papa nicht mehr da ist, darf ich sein, wie ich will. Ich war wie ein flügelloser Vogel in einer Voliere und sein Ableben war wie der Käfigschlüssel zu meiner Freiheit. Der Tod hat ihn mir in die Hand gedrückt und geflüstert: *Tu, wonach dir ist. Geh hinfort, Süße.*

Sollten Eltern ihren Kindern nicht Flügel wachsen lassen? Sollten sie nicht sagen, *flieg und erkunde die Welt, wie wir sie nicht erkundet haben?*

Mama weinte nicht. Ich hörte sie mit ihren Zähnen knirschen. Ich sah, wie sie ihre Fäuste ballte. Kurze Sätze an Mathea und mich und wir wagten es nicht, den Befehlen einer trauernden Witwe zu widersprechen.

Ich dachte: *Du siehst alt aus, Mama. Ich kenne dich nur geschminkt, doch vorhin, als du zu Hause vor dem Badezimmerspiegel gestanden hast, hast du die Kästchen und Tuben beiseitegeschoben und dir etwas Wasser ins Gesicht geworfen. Deine Falten kennzeichnen dein Leben. Jede Einzelne ist ein Weg, den du entlanggelaufen bist, und nun sitzt du hier auf einer Holzbank und tröstest einen Freund der Familie, statt getröstet zu werden. Wird sich bald eine neue Falte abzeichnen und wirst du sagen: Diese hier ist von deinem Vater und sie erinnert mich daran, wie viel Zeit ich neben ihm verloren habe?*

Meine Schwester ist seit dem *Frühstücksgate* paralysiert und spricht kaum. Aber vielleicht täusche ich mich und sie war nie sonderlich redselig. Ja, vielleicht bin ich diejenige, die sich verändert und Dinge wahrnimmt, die ich vorher nicht wahrgenommen habe.

Gestern flüsterte Mathea: „Und was machen wir, wenn sich Mama morgen in die Badewanne legt und nicht wieder hinaussteigt?"

„Warum sollte Mama morgen sterben?"

„Warum hat sich Papa in sein Omelett gelegt?"

Heute hat sie bislang nicht gesprochen, aber vielleicht später auf der Trauerfeier.

Wir kommen am Friedhof an und die Menschenmenge versammelt sich um Papas Grab.

Dort wirst du also hinabgelassen, Papa. Wir werden Erde über dich schütten und dich nie wieder sehen. Alte Fotos von dir werden mich an

17

dich erinnern und ich werde mich erinnern und mich zu den Momenten begeben, an denen du mich gezüchtigt hast. Deine drohende und ausgestreckte rechte Hand versprach mir Schmerzen. Ich weiß nicht, wie sie sich anfühlt, denn du hast deine Drohungen nie wahr werden lassen. War die ausgestreckte, aber nicht durchgeschwungene Hand ein Zeichen deiner Liebe?

Dein Verständnis für die Welt war widersprüchlich. Ein philosophischer Vater war nicht sonderlich weise. Wir sollten selbst denken und nicht blindlings gehorchen, sagtest du. Nur dir sollten wir nie widersprechen, denn deine Wahrheit war absolut. Deine Worte waren den Worten anderer überlegen. Gern würde ich dich nun fragen: Wer bestimmt über die Wegweisung der Weisheit? Jetzt bist du fort und ich darf denken wie und was ich will. Dennoch fühle ich mich schlecht, denn wie sehr würde ich dich vermissen und um dich weinen wollen. Ich liebe dich nicht, Papa, (vielleicht), und heute ist der Tag unseres Abschieds. Auf Nimmerwiedersehen, grimmiger Mann.

Die Zeremonie beginnt und wir stehen vorn vor deinem neuen Lochhaus. Du bist nicht allein hier. Es sind vor dir viele andere gestorben und alle haben sie schöne Grabsteine aus Marmor und es stehen wunderherrliche Aphorismen darauf. Unterhalte dich zur Nullstunde mit deinen neuen Nachbarn. Erzähl ihnen von dir und von uns, halte eine Laudatio auf dich und deine Weisheiten und lass dich zur Abwechslung von ihnen niederschmetternd belehren, denn wie falsch du dich verhalten hast, war dir nie in den Sinn gekommen. Wie falsch deine Worte waren! Wie falsch sich unser Zuhause angefühlt hat! Vielleicht erkennst du deine Unvollkommenheit, wenn sie dir jemand kompromisslos vor Augen hält. Ich wünsche es mir.

Du hast es schön grün hier, mit vielen schönen Rosensträuchern und schönen hohen Bäumen, die prächtig blühen.

Starke Männer tragen dein neues Zuhause und lassen dich hinab. Es hängen keine Bilder an deinen Innenwänden, obwohl du die Malerei liebtest – Van Gogh sei außergewöhnlich gewesen. Und Beksinskis

18

Kunst sei für dich wie die Erdnussbutter auf dem Marmeladenbrot gewesen und ich finde, Beksinski hat eher zu dir gepasst, als es Van Gogh tat. Wir haben dir nichts in den Sarg gelegt. Vielleicht glaubten wir, dass du deiner Liebhaberei nicht würdig warst: Schönes gebührt nur schönen Menschen. Du warst ein gut aussehender, aber kein schöner Mann. Du hättest strahlen müssen, um ein schöner Mann zu sein, und das hast du nicht.

Es duftet nach Erde und ich erinnere mich, wie gern du Duftkerzen angezündet hast. Unser Zuhause duftete nach Vanille, Rosen und Lavendel. Jetzt wirst du von Erde umschlossen, aus der vielleicht Lavendel wachsen wird.

Bist du bei uns? Schau, die Menschen weinen um dich, nur deine Familie nicht. Siehst du, wie sehr du uns gegen dich aufgebracht hast? Du hast alles falsch gemacht, Papa. Selbst dein Tod genügt uns nicht, um dich jetzt noch lieben zu lernen. Ob die Menschen glauben, unsere Herzen seien eisig kalt? Und sollten sie es glauben und mich darauf ansprechen, so könnte ich nur für mich sprechen und ich würde antworten: Ja, und jetzt verschwindet.

Mein Herz ist gefroren, weil ich traurig bin, dass du nicht der Papa warst, den ich mir für mich gewünscht habe, und nicht mehr der Papa wurdest, der du noch werden wolltest. Wären wir zusammen ins Kino gegangen? Hätten wir uns abends auf dem Sofa mit den Füßen auf dem Tisch einen Film angeschaut und dabei Kartoffelchips gegessen?

Einer nach dem anderen schaufelt etwas Erde in das Grab. Viele werfen rote Rosen hinein und irgendwann tritt eine schöne Frau vor und lässt einen Brief in das ausgehobene Loch segeln. Sie weint nicht, kniet sich hin, schließt kurz die Augen und flüstert etwas. Schade, dass uns der Wind um die Ohren pfeift. Schade, dass die Blätter der Linden im Wind rasseln. Es erklingt an einem stürmischen Spätsommertag so laut, dass Gesagtes ungehört bleibt. Die schöne Frau wirkt wie eine Märchenprinzessin, wie ein gut gehütetes Geheimnis. Als sich der Brief auf die dunkel lasierte Holztruhe legt, lächelt sie und verlässt dich, Papa. Es war, als wolle sie sichergehen, dass ihre Nachricht an dich nicht hinfortgeweht wird. Es war wie ein: *Ich habe dir noch etwas zu sagen und alles, was ich dir zu sagen habe, steht in diesem Brief geschrieben. Lies ihn, wenn du dich ungestört fühlst, und erheitere dich an meinen Worten.* Ich höre Mama erneut mit den Zähnen knirschen und sehe sie ihr hinterherschauen. Der Star dieser Beerdigung verlässt mit einem bösen Blick im Rücken die Bühne hinter einem Rosenstrauch.

„Ich bin gleich wieder da", sage ich zu Mama.

„Du bleibst hier!", befiehlt sie, so, als stünde sie auf einem Podest und würde auf mich herabblicken. Als sei sie groß und ich klein und als müsste ich meinen Blick in Ehrfurcht senken. Für einen Moment wirkt es so, als sei ich ihre Untergebene und Ausführende. Ergo wurde ich geboren, um zu gehorchen und wehe mir, ich widersetze mich, doch … Jetzt erst recht! Also lächle ich etwas und widerspreche nun doch einer trauernden Witwe: „Übernimmst du jetzt Papas Rolle? Das wird nicht klappen! Ich lasse mich nicht noch einmal unterdrücken!"

Ich laufe der schönen Frau hinterher. Menschen beobachten mich. Sie verurteilen mich mit ihren Blicken. Vielleicht auch nicht, aber in meinem Kopf klingt es so: *Wie kannst du es wagen, nicht als Letzte von hier zu verschwinden? Weine und verfluche das Schicksal, dir deinen Vater viel zu früh genommen zu haben! Erfülle deine Pflicht als gute Tochter.*

Als die Prinzessin an ihrem Auto ankommt und einsteigen möchte, rufe ich: „Warten Sie."

Sie dreht sich um. Ein Lächeln, so ausgeglichen wie ein stilles Meer. Ein Lächeln wie eine Einladung: *Komm, ich nehme dich auf, fühl dich in meiner Gegenwart geborgen und bleib so lange, wie du es möchtest.*

„Wer sind Sie?", frage ich, als ich vor ihr stehe.

„Ich bin nur eine alte Bekannte."

„Ich bin sechzehn Jahre alt und kenne Sie nicht. Also vielleicht eine *neue* Bekannte?"

„Du bist scharfsinnig."

„Mein Vater ist gestorben und meine Mutter scheint Sie nicht zu mögen. Es liegen Geheimnisse in der Luft und ich mag keine Geheimnisse. Ich bin nämlich Enthüllungsjournalistin."

Die schöne Frau lacht. So laut, dass selbst die Rasseln der Linden nicht verbergen können, was vielleicht nicht verborgen werden sollte – einen lebenslustigen Menschen.

„Du bist, wie dein Vater dich beschrieben hat. Und ein wenig gleichst du ihm sogar."

„Mein Vater kann mich mal. Ich möchte wissen, wer Sie sind, wie Sie zu meinem Vater gestanden haben und was das für ein Brief war, den Sie in sein Grab geworfen haben."

Waren es liebliche Worte? Worte, die jene Fantasie beflügeln, von der man sagt: Ja, ich war in einer Wunderschlemmerwelt, und alles, was ich in ihr gekostet habe, war deliziös und von reinem Geschmack.

Oder waren es Worte der Leidenschaft? Worte, von denen man sagt: Ich konnte dich fühlen und schmecken und die Ekstase war unausweichlich. Es plagen mich unerträgliche Gedanken.

„Ich werde mich mein Leben lang daran erinnern, dass eine schöne Frau bei der Beerdigung meines Vaters am Grab gelächelt hat, und ich möchte wissen, warum!"

„Dein Vater war ein toller Mensch und ich war nur eine flüchtige Freundin."

„Ich glaube Ihnen nicht."

„Ich heiße Leonie und ich freue mich auf weitere Treffen mit dir."

„Weitere Treffen?"

„Dein Vater hat es mir erlaubt, mich mit dir zu unterhalten."

Sie drückt mir einen Zettel mit ihrer Mobilnummer in die Hand, steigt ins Auto und fährt weg. Die Reifen rollen über den Asphalt, die Sonne scheint, der Wind ist kühl, Menschen verlassen den Friedhof. Es

21

dauert eine Weile, bis ich zurück zu Papa gehe. Ich treffe auf meine Mutter, die auf einer Metallbank sitzt, und setze mich zu ihr.

„Hast du mit ihr gesprochen?", fragt sie.

„Du kennst sie?"

„Nein."

„Aber du magst sie nicht."

„Was hat sie dir erzählt?"

„Nichts, sie ist ins Auto gestiegen und weggefahren. Wer war sie?"

„Niemand. Komm, wir fahren nach Hause."

Wir verlassen den Friedhof, steigen ins Auto und ich sehe hinten am Friedhofstor Ani mit ihrem Fahrrad stehen. Sie wirkt unecht, so, als würde sie dort nicht wirklich stehen. Ich winke und wir fahren und es ist wie vorhin – schweigende Menschen tragen ihre Gedanken nicht nach außen.

Mama, warst du einst eine Geliebte und wurdest ausgetauscht? Die Ehefrau verliert an Attraktivität. Immer gleiches Auge sieht immer gleiche Frau. Beständigkeit führt zu Langeweile. Langeweile sucht Abenteuer. Abenteuer sucht Beständigkeit. Und Beständigkeit ... der Kreislauf schließt sich. Papa wollte sich ändern. Ist diese Frau seine Grimmigkeit gewesen? Seine *lieber wäre ich bei dir, Märchenprinzessin, als bei meiner Familie*? Und hat er sich an diesem Märchenabenteuer die Finger verbrannt und entschloss sich daraufhin zu sagen: *Jetzt bin ich bereit, jemand anderes zu werden*? Scheiß-Papa könnte also auch ein Scheiß-Arschloch gewesen sein.

Ich habe die Telefonnummer dieser geheimnisvollen Frau und sie wird mich einladen. Sie wird sagen: *Komm, ich bereite dir einen Tee zu, denn der Winter ist kalt.* Sie wird mein vereistes Herz im Spätsommer spüren und mir Wärme anbieten. Fürchtest du dich, Mama? Fürchtest du, dass ich hinter die Kulissen eurer Ehe blicken werde und wolltest du mir deshalb verbieten, sie kennenzulernen? Ich rufe sie an. Gleich morgen. Oder?

3

Ich sitze im Schneidersitz auf Anis Bett und schaue mir das Blumenmuster auf ihrer Bettdecke an. Der Künstler oder die Künstlerin erschaffte Muster im Muster und ich erkenne ein rothaariges Blumenmädchen mit zwei Zöpfen in der Blüte und sie ist mit Blütenstaub bedeckt. Vielleicht ist da kein Blumenmädchen und ich bilde mir das nur ein. So wie neulich erst, als ich glaubte, etwas gehört zu haben, das nie gehört werden konnte, weil es nichts zu hören gab. Es war ein Kichern in der Nacht und es kam aus meinem Kleiderschrank. Ich kicherte dann auch, weil es an einem glücklichen Kichern nichts zu fürchten gibt. Oder aber ich bilde mir alles ein – den Tod meines Vaters, der vielleicht gar nicht tot ist, mein Leid, das vielleicht überhaupt kein Leid ist, mein Leben. Ja, vielleicht lebe ich in meiner ganz eigenen traurig erschaffenen Welt und man kann mir nicht mehr helfen. Ein sabbernder, in der Ecke einer Nervenheilanstalt liegender männlicher Patient. Nicht mal weiblich, sondern nur eingebildet. Innerlich lache ich. Innerlich weine ich. Wenn man an der Realität zweifelt, ist man doch hoffnungslos verloren. Nichts ergibt mehr einen Sinn – kein Gedanke, kein Gefühl und keine Handlung. Spielt die Realität denn überhaupt eine Rolle? Fuck, ich drehe langsam durch und schüttle mich kurz.

„Was ist denn mit dir los?", fragt mich Ani, die breitbeinig auf ihrem Schreibtischstuhl sitzt. Sie kaut Kaugummi und lässt gelegentlich Kaugummiblasen platzen.

„Hab gerade wirre Gedanken gehabt."

„Wegen der Beerdigungsfrau? Ruf sie doch an, Mensch, was hast du zu verlieren?"

An die Beerdigungsprinzessin habe ich nicht gedacht. Zur Abwechslung mal. Sie schüttle ich auch ständig weg.

„Vielleicht mehr, als wir glauben."

Ich nehme mir Anis Kopfkissen und drücke es mir an die Brust. Ich fühle mich kugelsicher – *ihr Emotionspatronen könnt mir nichts anhaben.*

„Dann hatte dein Vater vielleicht ein Verhältnis, na und? Wen kümmerts. Selbst in glücklichen Ehen gibt es Geheimnisse. Und diese Frau war eben das Geheimnis deines Vaters. *So what?*"

„Und wenn ich Dinge erfahre, die nicht zu meinem Vater gepasst haben? Was ist, wenn das grimmige Arschloch in Wirklichkeit ein ganz anderer Mensch war? Was ist, wenn seine Familie sein Unglück war? Somit wäre ich ein Teil seines Frustes gewesen – ein sogenanntes Frust-Teilchen. Diese Entdeckung wäre ein Quantensprung. Verstehst du nicht? Ich könnte ihm das Glück verwehrt haben, das er sich innerlich gewünscht hat. *Ich verurteile dich dazu, Papa, ein Leben lang dieses Unglückskorsett zu tragen.*"

„Hör auf, immer so geschwollen zu quatschen. Das nervt! Ich habe Hunger, willst du auch ein Sandwich?"

„Nein, danke."

„Mädchen, du bist abgemagert. Hast du in den vergangenen Tagen überhaupt etwas gegessen?"

„Nicht viel."

„Aber du hast deinen Vater nicht geliebt? Dein Körper sagt dir etwas anderes. Ich bin gleich wieder da."

Ani verschwindet und hinterlässt einen schwingenden Stuhl. *Schwing hin und her, schwarzer Bürostuhl, bis du ausgeschwungen bist und wieder sehnsüchtig in Schwingung geraten möchtest.*

„Ani versteht mich nicht", ich spreche zu dem Blumenmädchen, „ich vermisse ihn nicht. Ich vermisse den, der er werden wollte."

Ich schaue aus dem Fenster. Vorhin schien die Sonne, nun regnet es. „April, April, er macht, was er will", sage ich, obwohl wir September haben. Die Tür öffnet sich und Ani tritt mit einem Sandwich auf einem kleinen Teller und einem breiten Grinsen im Gesicht ein.

„Worüber freust du dich so?", frage ich.

„Ich denke, du solltest diese … Wie heißt sie noch einmal?"

„Leonie."

„Ich denke, du solltest Leonie kontaktieren und mit ein bisschen Glück war dein Vater wirklich nicht so, wie du ihn kennengelernt hast."

„Das wäre traurig."

„Nein, denn vielleicht lernst du ihn zu lieben. Bisher hatte dein Vater nur Schwächen. Wäre es nicht wundervoll, auch von seinen Stärken zu hören? Vielleicht war er schon immer so, wie er werden wollte."

Ani ist meine *neue Perspektive,* immer und immer wieder *der neue Gesichtspunkt.* Wie herrlich erscheint mir der Gedanke, den kindlichen Vater kennenzulernen, den ich vor seinem Tod nur kurz erleben durfte – einen lachenden, einen albernen, einen zärtlichen.

„Das würde bedeuten", sage ich und senke meinen Blick, „dass wir eine lästige Verpflichtung gewesen waren. Eine Verpflichtung, die sein wahres Ich unterdrückte. Ein Klotz am Bein, ein Virus, Ani. Mehr waren wir nicht."

Ani schüttelt den Kopf: „Denken wir rational. Sollte er eine Geliebte gehabt haben und ist bei euch geblieben, bedeutet es doch nur, dass ihr ihm wichtiger wart. Und wenn es Verpflichtung gewesen sein soll, so war es Verpflichtung zu seinen Liebsten."

„Ich glaube, ich möchte darüber nicht reden."

„Du solltest handeln, Ina."

Ani beißt in ihr Weißbrot-Sandwich. Es ist mit Käse und Schinken belegt. Ketchup quillt über, rauscht am Teller vorbei und landet auf dem Teppichboden.

„Scheiße", sagt sie und lacht.

„Warum lachst du?"

„Meine Mutter wird mich wieder anbrüllen, *im Zimmer wird nicht gegessen,* und dann wird sie sich für das Anbrüllen entschuldigen."

„Und das ist witzig?"

„Soll ich weinen? Bringt doch nichts. Manchmal mache ich das mit Absicht, um mir nach der Streiterei eine Umarmung abzuholen. Hat dein Vater dich mal umarmt?"

„Deine Mutter umarmt dich?"

„Selten, aber ich umarme mich oft selbst und stelle mir vor, dass es meine Mutter ist. Es ist ein unglaublich schönes Gefühl."

„Du verbockst also etwas, um geliebt zu werden? Und wenn du nicht geliebt wirst, liebst du dich selbst?"

„Ja, klar. Das ist doch normal. Was ist nun? Hast du Umarmungen von deinem Vater bekommen?"

„Wenn ich so darüber nachdenke – nein."

„Kein Wunder, dass du so kaputt bist."

„Bin ich doch gar nicht."

„Umarmt zu werden, fühlt sich an, als könnte dir nichts und niemand etwas anhaben. Es wird im Kopf leise, so leise, dass du nichts mehr hörst – nur deinen Atem und den Herzschlag des dich zärtlich Umschlingenden und du fühlst dich, als könntest du in deinem Leben alles erreichen."

Ich verstehe nichts von dem, was sie sagt. Wahrscheinlich, weil ich nicht weiß, wie sich eine Umarmung anfühlt. Ich mache ihr meine Unzulänglichkeit nicht zum Vorwurf, also gestehe ich mir laut ein: „Vielleicht bin ich doch kaputt."

Ani steht auf, stellt den leeren Teller auf ihren Schreibtisch, kommt zu mir aufs Bett, nimmt das Kissen von meiner Brust und umarmt mich. Ich höre nichts außer meinem Atem und ihrem Herzschlag und ich denke an nichts. *Kadong* – wunderschön. *Kadong* – himmlisch.

„Wie fühlt es sich an?", fragt sie.

„Frieden", antworte ich.

„Ich hab dich lieb, Ina."

4

Ich fahre nach Hause. Es ist spät geworden, doch es kümmert mich nicht. Die Stunden bis zum ersehnten Zubettgehen sind nur wenige. Ich werde mich schlafen legen und am nächsten Morgen zur Arbeit fahren. Ich werde aufwachen, Zähne putzen, mich anziehen, eine kleine Runde spazieren gehen und dann losfahren. Meiner Frau und meinen Kindern werde ich am Morgen nicht begegnen, so früh wache ich auf und irgendwann wird Feierabend sein, doch ich werde sitzen bleiben, so wie heute. Ich werde auf meinem Bürostuhl sitzen und mir Videos im Internet anschauen. Heute war es ein Video von einem Mann, der seine Vergangenheit für sein Handeln von heute verantwortlich macht. Das können wir Menschen gut – Verantwortung in einen Raum sperren und etikettieren: *Beschwerden bitte in den Schlitz einwerfen.*

Ich möchte allein sein. Durchatmen und nachdenken – über das Leben, das Schicksal, die Zeit und die Jugend. Und manchmal spreche ich mit mir selbst. *Schau, Georg, damals warst du noch glücklich* und ich antworte, *ich war lustig, nicht glücklich. Das ist ein großer Unterschied.* Das Schönste eines jeden Tages ist das Ende eines jeden Tages. Ich stehe auf und freue mich darauf, wieder einzuschlafen und ein Kreuz in den Kalender zu kritzeln: *Geschafft!*

Es ist Abenddämmerung und der Anblick des orangefarbenen Horizonts beruhigt mich etwas. Mein Herz schlägt langsamer. Meine Gedanken drehen sich nicht mehr so schnell. Gedanken können schmerzhaft sein. Wer hat sich das Bewusstsein nur ausgedacht? Der sollte verklagt werden. Schuldig im Sinne der Anklage, denn sich bewusst zu sein, ist eine Folter. Zuweilen aber auch ein Glücklichmacher, oder?

Zwölf Stunden saß ich im Büro, gearbeitet habe ich effektiv sechs, vielleicht auch vier. Manchmal starre ich auf die blauen Trennwände meiner Kollegen und möchte sie umstoßen. Manchmal möchte ich meinen Kollegen sagen, dass sie die Klappe halten sollen, weil mich ihre glücklichen Stimmen in Aufruhr versetzen, denn wie gern wäre ich einer von ihnen. Sind sie denn überhaupt glücklich? Oder spielen sie es nur?

Ich schalte das Radio ein, lausche der sanften Klaviermusik und tippe mit den Fingern auf das Lenkrad. Zum ersten Mal an diesem Tag lächle ich, weil ich an dich denke, Leonie. Es ist nicht verwunderlich, dass du mir in den Sinn kommst, denn in der Tat gehst du mir nicht aus dem Kopf und jedes Mal, wenn ich so etwas wie Glückseligkeit empfinde, sehe ich dein zartes Gesicht vor meinen Augen.

Spürst du meine Liebe, spürst du den Schmerz, den ich zugelassen habe, um dich lieben zu können? Ich vermisse dich. Jeden Tag vermisse ich dich. Wir haben keine Handynummern ausgetauscht, weil ich ein treuer Ehemann bin. Und du? Du bist eine stolze Frau. Stolze Frauen laufen einem Mann nicht hinterher. Wie gern hätte ich nach deinem Handy gegriffen und darauf meine Nummer gespeichert. Doch ich glaube, du hättest es nicht zugelassen. Du hättest wahrscheinlich so etwas gesagt wie: *„Du kannst nicht alles haben, Georg!"*

Ich erreiche gleich mein Haus und ich werde eintreten und meine kleine Tochter Mathea wird mir um den Hals fallen. So wie immer, denn sie liebt mich und ich liebe sie. Ina wird mich ignorieren und ich werde sie ignorieren, doch auch sie liebe ich. Amelie wird mich anschauen, wie sie mich schon immer angeschaut hat. Sie liebt mich (nicht?) und ich liebe sie nicht. Ich arbeite, bringe das Geld nach Hause und schlafe. Am nächsten Tag arbeite ich, bringe das Geld nach Hause und schlafe. Tag für Tag. Ich bin das Fundament dieser Familie. Ohne mich gäbe es das Leben mit diesem Garten und diesem Häuschen nicht. Ohne mich würden die Mädchen ohne Vater aufwachsen. Was bedeutet es, ein Vater zu sein? Eines Tages sind sie erwachsen und verlassen das Haus, und meine Frau und ich bleiben hier allein zurück. Mit dem viel zu großen Garten und dem viel zu großen Häuschen, das uns gerade viel zu klein erscheint. Vielleicht überschätze ich mich und sollte umdrehen, auf die Autobahn fahren und zu dir kommen, Leonie. Wir würden uns anlächeln und ich würde dir in deine braunen Augen schauen und so leise flüstern, dass du glauben würdest, ich würde es dir verheimlichen wollen: *Ich liebe dich.*

Und vielleicht würdest du mir ganz leise selbiges gestehen: *Ich liebe dich auch.*

Ich bin ein Idiot, denn in Wahrheit kann ich ohne das Leuchten in den Augen meiner Kinder nicht glücklich werden. Ina hat dieses Leuchten zwar vor langer Zeit verloren, doch Mathea hat Diamantenaugen, ich lüge nicht. Diese Zweckgemeinschaft namens Familie dient also meinem Glück, doch gleichzeitig fühlt es sich auch wie mein Unglück an. Ich lache nicht mehr. Um mich lachen zu sehen, müsste man meinen Kopf drehen, nur fürchte ich, würde ich das nicht überleben. Müsste ich erst sterben, um glücklich zu sein, und ist mir der Tod, das Ende meines jämmerlichen Menschenlebens, eine Erlösung?

Du hast mich zum Lachen gebracht. In der Nacht auf der Wiese vor dem Hotel hast du mir Geschichten unter dem Sternenhimmel erzählt und ich rollte mich im Rasen. Wie schön der Klang von unermesslichem Glück ist – es ist wie kein Fliegen, ohne zu fallen. Es war eine dieser Nächte, die wir uns ewig gewünscht haben. Stell dir vor, Leonie, wir säßen noch immer dort. Meine Hand auf deiner, deine Stimme in meinen Ohren. Stell dir vor, ich hätte dich nicht abgewiesen und wir hätten uns geküsst? Meinst du, die Zeit hätte für uns angehalten? Vielleicht hat sie das und dort draußen irgendwo im Universum sitzen wir noch und lachen. Über uns die Sterne, die nicht fliegen und doch nicht fallen.

Ich bin in dieser Nacht ein treuer Mann gewesen, doch seither träume ich von dir. Noch nie hat es sich so falsch angefühlt, das Richtige getan zu haben. Ja, ich bin ein treuer Mann, doch wie sehr wünsche ich, ich hätte dich gepackt und mich in dieser Nacht glücklich gemacht. Aber vielleicht irre ich mich und ich würde dann nicht von dir träumen, weil es eine Abscheulichkeit gewesen wäre, dich geküsst zu haben. Dann würde ich jetzt glücklich nach Hause fahren, mich zu meiner Frau setzen und ihr zuflüstern: *Es kann keine Zweite neben dir geben, denn mein Herz gehört dir allein.*

Ich bin angekommen, steige aus und es regnet Asche. Nichts verbrennt, ohne zu Asche zu zerfallen. Ich blicke hoch und erkenne eine Aschewolke. Sie entlädt sich über mir und ich verstehe es – ich verbrenne und auf dem Boden unter meinen Füßen häuft sich ein schwer zu überwindender Aschehaufen. Ich stapfe zur Haustür, öffne sie und das Licht aus dem Haus strahlt nach draußen und ich werfe einen Schatten. Manchmal glaube ich, ich bin dieser Schatten – ein Schatten meiner selbst. Führe ich das Leben, das ich mir für mich gewünscht habe?

Ein Haus mit Liebe sollte Behaglichkeit und Wärme spenden, doch ich friere. Vielleicht, weil das Haus nicht mit Liebe ausgehüllt wird. Ich trete ein und die Wolke kommt mir nach. Sie ist meine treue Begleiterin. Mathea kommt angerannt, springt mir in die Arme und sogleich fühle ich mich leicht und mir wird warm. So ganz mit der fehlenden Liebe, Behaglichkeit und Wärme scheint es dann doch nicht zu stimmen. *Ade Aschewolke, wir sehen uns morgen im Auto wieder und vielleicht erzähle ich dir traurige Geschichten von einem Mann, der nicht seine Frau liebt.*

Ina ist in ihrem Zimmer und heute werde ich von meiner Frau nicht mit einem Lächeln empfangen. Aber … Ich erinnere mich, es ist schon lange so. Seit der Geburt unserer ersten Tochter hat sich das Lächeln ausgelächelt.

Vielleicht ist es nur noch ein: *Erwarte nicht zu viel von mir, Ehemann. Sei froh, dass ich noch an deiner Seite stehe, denn wie gern wäre ich nur für mich allein.*

Ich klopfe mir die Schuhe ab, ziehe sie aus, stelle sie ins Schuhregal und gehe in die Küche. Ich schaue in den Ofen, doch da ist kein Essen, gehe dann ins Wohnzimmer und setze mich zu Amelie.

„Hast du heute nicht gekocht?"

„Muss ich das?"

„Nein, natürlich nicht, ich frage nur. Was haben die Kinder gegessen?"

Sie ist schön anzusehen. Geschminkt wie ein schöner Clown, der nicht wie ein Clown ausschaut, eher wie ein Model im fortgeschrittenen Alter. Gekleidet wie eine Geschäftsfrau. Amelie ist also ein Geschäftsfrauclownmodel und ich lächle. Ihr würde die Beschreibung gefallen und wir würden lachen, doch mir fehlt die Lust zu lachen, denn ich verbrenne. Siehst du draußen im Auto die Aschewolke etwa nicht, Amelie? Oder ignorierst du meine Schmerzen, bis ich es in eine Urne schaffe?

„Sie haben in der Schule gegessen. Heute ist Mittwoch, da essen sie dort. Merk dir das endlich."

Sie trinkt einen Tee und ich starre auf die weiße Tischdecke.

„Ich glaube, ich mache mir auch einen Tee."

„Ich bleibe aber nicht sitzen, ich muss noch kurz in unser Büro. Meine Chefin benötigt noch einen Artikel."

Sie steht auf und ich blicke mich um. Mathea hat mich begrüßt und ist zurück in ihr Zimmer gegangen. Es ist sieben Uhr abends. Es ist gleich geschafft. Ich trinke einen Tee und kurz danach ist Schlafenszeit. Amelie wird sich umziehen, sich ins Bett legen und ein Buch lesen. Wir sind uns fremd – Vater, Töchter und Mutter. Meine Familie besteht aus Einzelkämpfern. Früher habe ich für Amelie getanzt und sie hat gelacht. Sie war traurig und ich war ihr Gute-Laune-Esel. Heute fühle ich mich nur noch wie ein Esel. Ich mache mir einen Tee und setze mich in die Küche. Die Zeit meines Lebens verrinnt bei einem Heißgetränk. Die Momente verstreichen. Unwiderruflich. Ich kann sie nicht einfangen, sie nicht dazu auffordern, kurz auf mich zu warten. *Wartet. Nur so lange, bis ich wieder bei Kräften bin.* Ich kann nicht sagen, *haltet ein, gleich erleben wir das größte Abenteuer, das die Welt je gesehen haben wird.*

Weißt du noch, Leonie, wie wir darüber gelacht haben, wie dumm Menschen seien, die nicht bereit sind, für die Liebe zu leiden? Und wie viel dümmer Menschen seien, die leiden, weil sie eben nicht bereit sind, für die Liebe zu leiden? Ich bin einer dieser dummen Menschen.

Ina kommt aus dem Zimmer: „O wow, du bist zu Hause."

Ich sage nichts, stattdessen erinnere ich mich an glückliche Spielchen mit ihr und lächle.

„Was gibt's zu lachen? Du gehst lieber arbeiten, als bei uns zu sein."

Warum tue ich mir dieses Leben nur an? Ich könnte jetzt bei dir sein, Leonie, aber wir kennen uns doch kaum. Vielleicht würdest du mich eines Tages als Last empfinden. So fühle ich mich. Grau und träge. Nicht aushaltbar. Eine Frau, von der ich nicht weiß, ob sie mich liebt. Eine Tochter, von der ich glaube, dass sie mich hasst und Mathea, die mich zwar scheinbar liebt, aber ihre Zeit lieber allein in ihrem Zimmer verbringt.

Wie schön Amelie und ich uns das Familienleben vorgestellt haben. Nun leben wir nebeneinanderher und nehmen uns kaum wahr, weil ich lieber arbeiten bin, als hier zu sein. Die Zeit läuft weiter – auch ohne mein Handeln.

5

Papa sagte mal, Mama sei eine hübsche Frau. Ich erkenne keine Schönheit. Meine Mama ist eine blonde Frau, die nun grau ist und ihrer blonden Jugend einmal im Monat hinterherrennt. Sie sitzt am Tisch und trinkt einen Tee. Sie spricht nicht. Es spricht kaum noch jemand in diesem Haus, seit Papa fort ist. Manchmal fühlt es sich an, als sei Papa nur auf der alljährlichen Tagung. Ich warte darauf, dass sich die Tür öffnet. Früher wartete ich darauf, dass ein grimmiger alter Mann seiner grimmigen alten Frau einen Kuss auf die Lippen drückt und seine Arbeitstasche fallen lässt. Komisch, dass ich darauf warte, denn ich erinnere mich nicht daran, jemals beobachtet zu haben, wie meine Eltern sich liebzärtlich behandelten.

Auf den Boden fallengelassene schwere Arbeitstasche entlastete nie sein Gesicht. Es war kein, *ah, endlich bin ich Ballast losgeworden.* Es war eher wie, *die Tasche ist mir leichter, als euch zu ertragen. Waren wir dir wirklich eine Last, Papa? Ich frage mich das seit deiner Beerdigung. Seit diese Frau mit den krausen Haaren dir einen Brief zum Abschied in dein neues Heim geworfen hat. Ich habe sie bisher nicht angerufen, denn ich fürchte mich vor der Stimme, die mir eine Geschichte erzählen könnte, die mir nicht gefallen würde.*

Ich setze mich zu Mama an den weißen Esstisch und wir schweigen, ehe Mama sagt:

„Es sollte alles besser werden. Weißt du noch, als er mit der Schokoladentüte heimgekommen ist und uns dieses Versprechen gegeben hat? Danach hat er lächerlich getanzt und ich kriegte mich nicht ein vor Lachen."

Mama reibt sich die Augen, so, als hätte sie etwas Unglaubliches gesehen. Dabei hat sie sich nur an etwas Unglaubliches erinnert. Fröhlicher Papa, der nicht fröhlich aussah, sondern nur so wirkte.

„So war sein Versprechen", sage ich.

„Kannst du dich noch an diesen Tag erinnern?"

„Ja, an diesem Tag war er ein alberner Papa. So kannte ich ihn nicht", antworte ich.

„Er kam mit verheulten Augen nach Hause. Du hast es vielleicht nicht bemerkt, vielleicht ja doch, zumindest war es ein flehender Blick – ein *bitte sieh mich genau an* und ich musterte ihn. Seine Schultern waren aufrecht und ich glaube, ihn verstanden zu haben. Ich glaube, er wollte sagen: *Ich habe meine Leichtigkeit wiedergefunden und meine vergossenen Tränen waren Tränen der Freude.*"

Ani würde ihr jetzt sagen, dass sie nicht so geschwollen daherreden sollte. Vielleicht bin ich dieser grimmigen Frau ähnlicher, als mir lieb ist. Wir greifen nicht nach unseren Händen, um Trost zu spenden – vielleicht, weil wir keinen benötigen.

Die Uhr tickt über der Küchentür. Da fallen mir Papas Phrasen ein. *Erleben*, sagte er, *der Schlüssel eines langen Lebens ist Erleben.* Tick tack. Ich stehe auf und mache mir auch einen Tee, denn seit Papa nicht mehr bei uns ist, fühlt es sich an, als würde die Zeit stillstehen, also mache ich ein Päuschen – wovon eigentlich? Tick tack. Als der Tee zubereitet ist, setze ich mich wieder zu Mama.

„Hast du ihm geglaubt?", frage ich sie und sehe in ein Gesicht, das nicht so recht weiß, was es antworten soll. Es ist eine Mischung aus *die Frage überfordert mich* bis zu *ich erzähle dir jetzt eine Halbwahrheit.*

„Manchmal wünscht man sich eine Lüge, um die Geschichte zu glauben, die man sich erzählt", sagt sie schließlich und ich sehe eine leidende Frau, die einen leidenden Mann geliebt hat und es macht mich wütend. Warum quält man sich, an etwas festzuhalten?

„Hatte Papa eine Geliebte?", frage ich, denn ich möchte das Puzzle *Papa* zusammensetzen. Ich möchte von oben herunterschauen und das Bild erkennen, das mir derzeit in Fragmenten vor den Füßen liegt.

„Ich weiß es nicht."

„Aber diese Frau auf seiner Beerdigung …"

„Ich kenne sie nicht."

„Etwas weißt du."

„Dein Vater ist tot."

„Und deshalb erzählst du mir nichts? Ich habe das Gefühl, ihn nicht zu kennen. Ich möchte ihm die Maske vom Gesicht herunterreißen und du verwehrst es mir. Du verwehrst es mir, einen Mann kennenzulernen, den ich *Papa* nannte."

Mama kramt eine Schachtel Zigaretten aus ihrer Tasche und zündet sich einen Stängel an: „Und du meinst, du würdest mich kennen?"

Ich habe Mama nie rauchen gesehen. Ich habe sie nie angriffslustig sprechen gehört. Es war wie ein, *werd erwachsen, Kind.*

Zwei dampfende Teetassen. Eine tickende Uhr. Rauchende Mama mit angriffslustigem Lächeln unter traurigen Augen. Blonde, nicht wirklich blonde Mama ringt mit den Tränen.

Gedanken einer Mutter:

*E*s gab eine Zeit, da waren wir jung. Wir sind nicht alt auf die Welt gekommen, Liebes, auch wenn es sich für dich vielleicht so anfühlen mag.

Wenn man jung ist, erscheint einem das Leben nicht wie das Leben. Es erscheint einem grenzenlos und unendlich, doch das ist es nicht. Es ist, als würde man von einem Feld über einen Trampelpfad nach Hause laufen, ins Haus gehen und sich in einer Besenkammer schlafen legen.

Dein Vater und ich standen vor einem Problem – ist die Jugend erst einmal ausgelebt, verliert man sich im Alltag. Man unterwirft sich der Verpflichtung, *ich muss es machen, ich muss funktionieren.* Dabei wollten wir glücklicher werden, als es unsere Eltern waren. Ihr habt eure Großeltern nie kennengelernt, weil sie zu früh gestorben sind. Schicksalsschläge gehören zu einem Leben dazu, wir bleiben nicht verschont.

Aber …

Dein Vater und ich sind von vernachlässigenden Vätern und Müttern großgezogen worden. Und so müsste ich euch sagen: *Eure Großeltern sind für uns gestorben, weil sie scheußliche Eltern waren. Nicht ihr Tod war unser Schicksalsschlag, sondern in diese Familien hineingeboren worden zu sein.*

Du glaubst, du hättest einen schwierigen Vater gehabt, doch du weißt gar nicht, was es bedeutet, einen Vater gehabt zu haben, der sich am wichtigsten war – ich hasse meinen Vater, bitte hasse du deinen nicht. Es würde nur bedeuten, dass Georg und ich versagt haben. Dass wir der Generation vor uns in nichts nachstanden.

Aber du hasst ihn schon, nicht wahr? Ich habe dich neulich mit dir selbst in deinem Zimmer sprechen gehört. Du sagtest, dein Vater sei der Teufel gewesen und sein Tod sei dir eine Befreiung. Du hast gelacht und geweint. Mein armes Mädchen, du stehst im Konflikt zu deinen Gefühlen, nicht wahr? Du bist nicht allein. Ich weiß nämlich selbst nicht, wie ich zu deinem Vater gestanden habe. Ich werde mich damit auseinandersetzen müssen. Schließlich geht mein Leben weiter.

Sprich über meinen Mann bitte nicht, als wüsstest du, wer er gewesen ist. Niemand ist ihm häufiger begegnet als er sich selbst und ich fürchte, er hat sich oft selbst nicht verstanden – es gibt Indizien. Es sollte also heißen: Nicht einmal dein Vater wusste, wer er gewesen ist, wie kannst du es wagen, unverfroren ein Urteil zu fällen?

Ich lernte ihn an der Uni kennen. Ich jobbte in der Mensa und er war interessiert daran, die Frau hinter der Essensausgabe kennenzulernen. Er lächelte, ich lächelte und auf ein *Hi* folgte ein Treffen. Auf ein Treffen folgte ein Kuss. Wir waren glücklich, einander kennengelernt zu haben, und wir lachten. Die Sonne ging auf und wir lachten uns an. Der Mond schien ins Zimmer und wir schliefen lachend ein. Dein Vater war der geborene Komödiant. Er komponierte Lieder, die keine Lieder waren. Er sprach Akzente, die er nicht beherrschte. Ein paar Blödeleien genügten und mein Alltag mit ihm war mir ein lustiges Schauspiel.

Du erinnerst dich vielleicht nicht daran – eure gemeinsame Zeit war auch lustig. Der Verstand vergisst schnell. Er trug dich auf seinen Schultern und spielte *abstürzendes Flugzeug* und ihr habt euch aufs Bett fallen gelassen. Du hast gelacht und dein Vater hat gelacht, weil er dir eine Freude bereiten konnte. Du sitzt hier bei mir und möchtest über den Mann bösartig sprechen, der mir alles bedeutet hat. Er war die Liebe meines Lebens. Auch dann noch, als wir es verlernt haben, uns zu lieben. Ach, Schätzchen, was weißt du schon über das Älter werden?

Aber … Was weiß ich schon von der Liebe?

Du warst innerlich verbrannt, Georg, und ich habe es gespürt. Was habe ich dagegen getan?

6

Seit ich wieder in die Schule gehe, ist das Getuschel groß. Ich überhöre es nicht, denn sie geben sich keine Mühe, hinter verschlossenen Türen zu reden oder zu flüstern, wenn ich über den blauen Linoleumboden der Flure an ihnen vorbeilaufe. *Verpisst euch, ihr Wichser*, denke ich dann immer. Manchmal höre ich Sophia zischen: *Hört auf damit, ihr seid unfair! Ina hat euch nichts getan!* Und ich lächle, weil ich es nicht gewohnt bin, dass sich jemand für mich einsetzt.

Der Großteil ist allerdings der Meinung, dass ich mich an der mir zuteilwerdenden Aufmerksamkeit ergötzen würde. Der Tod meines Vaters käme mir gelegen. Als hätte ich danach gelechzt, meinen Vater sterben zu sehen. Als wäre mir sein letzter Atemzug am Frühstückstisch ein Bonbon gewesen, an dem ich seither genüsslich lutsche. Ihr Schandmäuler, ins Unglück sollt ihr stürzen und daran zugrunde gehen! Ich laufe mit geballten Fäusten durch die Flure, somit sind die Nettigkeiten passé. Ich nehme es mit euch allen auf, nicht gleichzeitig, aber kommt nur der Reihe nach. Einige Lästerzungen waren auf der Beerdigung. Gestern eine Projektarbeit ausgearbeitet, *hallo Herr Friedrich*, und *heute* schon fremd, *schaut mal, wie sie sich aufspielt*. Sie hätten mich beobachtet. Nicht eine Träne hätte ich in der Kirche und auf dem Friedhof vergossen. Natürlich nicht! Warum sollte ich einem Arschloch hinterherweinen? Ich hasse ihn und ich hätte Beifall klatschen müssen, als er langsam in sein Grab hinabgelassen wurde. Geweint habe ich, so oft habe ich geweint, weil ich einen Vater hatte, der kein Vater war. Aber wer interessiert sich schon für die Essenz der Wahrheit, wenn die Lüge nicht nur angenehmer ist, sondern auch größere Aufmerksamkeit auf sich zieht.

Es ist wie ein *schaut nicht auf mich, dort steht die Eskapade, ich möchte euch nur etwas erzählen und meine Geschichten sind die besten.*

Einige von ihnen sind Mobbingbeauftragte mit der Lizenz zu schikanieren, geschult dazu, anderen das Leben schwer zu machen. Sie haben die Rechnung nicht mit mir und Ani gemacht.

Neulich hatten wir in der Mädchentoilette eine Schlägerei. Zwei gegen zwei. Zwei sind aus der Toilette gekommen, zwei haben geweint. Auf ein High Five folgte je ein Lächeln – Ani und ich waren die Siegerinnen des Kampfes. *Amanda Serrano* wäre stolz auf uns gewesen. Dopamin. Macht. Deshalb prügelt man sich also – die Schmerzen sind die Trophäen.

In der Pause gehe ich zu Ani. Wir sind zwei Jugendliche mit ein paar Blessuren im Gesicht und an den Fäusten. Ich fühle mich gefährlich und ein wenig lässig, denn die Schrammen erzählen eine Geschichte. Sie sagen, *hütet euch, denn mit mir ist nicht zu spaßen.*

„Hast du heute Nachmittag Zeit?", frage ich.

„Für dich doch immer, Perle", antwortet sie, „was gibt's?"

„Möchte einfach nicht allein sein."

Wäre mein Leben eine Dramaturgie, würde der Titel *Das Schweigen des Wolfes* heißen, weil Papa nicht mehr schreien kann und es mir irgendwie … doch fehlt. Vielleicht habe ich auf dem Friedhof deshalb keinen Beifall geklatscht.

Warum nur bist du so früh von dieser Welt gegangen? Hättest du mir nicht noch einige seelische Ohrfeigen verpassen müssen? Für Frechheiten. Für Ungehorsamkeiten. Unser Verhältnis glich einem Spiel: Wie lange dauert es, bis ich dich zur Weißglut treibe? Die Zeit läuft – ab jetzt.

Du bist nicht mehr da und meine Schuldzuweisungen versiegen ins Nirgendwo. Wem soll ich nun die Verantwortung für mein beschissenes Leben übertragen? Etwa Mama, die sich noch nie wirklich um uns gekümmert hat? Ich habe nachgedacht, Papa, und ich glaube, ich war gar nicht wütend auf dich. Du warst nur der, der sich in seiner Interessen-

losigkeit für uns interessierte. Du warst zwar durchgehend in der Fir-ma, aber wenn du bei uns warst, hast du dich in der Küche bei einer Tasse Tee nach uns gesehnt. Zumindest glaube ich, dass es so war. Du hast auf den Tisch geblickt und nichts gesagt. Manchmal geseufzt, zur Uhr geschaut und manchmal gelächelt. Ich möchte dich fragen, woran du gedacht hast. Ich möchte nach deiner Hand greifen und ihre Wärme spüren. Schon merkwürdig, dass ich so denke, denn irgendwie fühlt es sich so an, als würde ich mich gerade selbst belügen. Quälte mich eine Frage, ging ich zu Mama statt zu dir und sie half mir meist mit einem Lächeln. Wahrscheinliche trübt mich meine Wahrnehmung so sehr, dass ich Dinge glaube, weil ich sie glauben möchte. Gibt es einen psy-chologischen Ausdruck für diese Verzerrungen? Realitätsverweige-rung aufgrund von Liebeswünschen *etwa?*

Ani lächelt: „Klar. Komm herum. Denkst gerade an deinen Vater, richtig?"

„Ich habe viele Fragen."

„Ja."

Schweigend lasse ich meinen Blick über den asphaltierten Schulhof schweifen – laufende Kinder wie aufgescheuchte Hühner. Ob sie glück-lich sind? Ich bin es nicht, obwohl Papa nicht mehr da ist. Ich sollte mich in Zukunft selbst verantworten, schließlich ist es mein Unglück. Es gehört mir ganz allein, es ist mein Schatz und ich werde sagen: *Das habe ich ganz allein geschafft. Meine Tränen sind der Lohn meiner Ta-ten. Es ist herrlich, sich seines Verdienstes bewusst zu sein.*

Die Schulglocke läutet. Wir gehen in unsere Klassen. Auf dem Weg dorthin machen drei Schülerinnen einen großen Bogen um mich. Seit der Schlägerei werde ich gefürchtet, doch meist ist das die Ruhe vor dem Sturm.

Ich bin mir sicher, das Trainingsprogramm wurde aufgenommen, der Plan wird ausgeheckt. Sie schwitzen in ihren Zimmern und stellen sich mich vor. Hüpfende Mädchen und in die Höhe ausgestreckte Arme symbolisieren die Siegerinnen, doch so einfach werde ich es ihnen nicht machen. Papa hat immer gesagt: *„Stärke zuerst deinen Geist und dann deinen Körper."*

Nach dem Schulunterricht fahre ich zu Ani. Sie wartet auf mich, das tut sie immer, denn ich habe nur sie und sie hat nur mich. Beste Freundinnen für immer. Ich schwinge mich auf mein Fahrrad und fahre los. Es ist ein milder Herbsttag, ein sogenannter Altweibersommertag. Es hat heute früh geregnet, doch jetzt scheint die Sonne. Papas Grab wurde von der Herrlichkeit der Natur gegossen und es werden Pflanzen wachsen, die meine Mutter vielleicht herausreißen wird, weil sie ihr nicht schön genug erscheinen. Dabei ist es Leben, das weiteres Leben ermöglicht und würde Papa nicht in einem Sarg liegen, so wäre er Dünger für mehr als drei Menschenleben gewesen – also ermöglicht der Tod auch weiteres Leben. Vielleicht sollte ich die Funktion des Sensenmannes überdenken.

Ich fahre an Schülern und Schülerinnen vorbei. Sie lehnen an einer Eiche, sehen mich an und tuscheln. Ich strecke ihnen meinen Mittelfinger entgegen: „Ficker!", rufe ich und lache und als ich allein bin, weine ich. Warum? Weil ich lebe oder weil ich ohne meinen Lebenskontrahenten einsam bin?

Irgendwann komme ich bei Ani an – nach etlichen Stopps, weil mich Fliegenpilze faszinieren, weil ich Kraniche bestaunen wollte und weil ich einem Schulbus mit Kindern hinterhergeschaut habe: *So alt war ich auch mal. So alt wie ich es jetzt bin, werden sie hoffentlich auch werden.* Mein Weg war nicht steinig, doch es fühlt sich danach an. Ich bin erschöpft, steige vom Fahrrad ab und komme auf eine Gleichung. Gedanken können so schwer wiegen, dass man das Bett nicht verlassen möchte. Während ich meine Schwester ohne Weiteres Huckepack tragen kann, schaffe ich Ani nur mit größter Anstrengung zu schleppen. Momentan wiegen meine Gedanken also so schwer wie Ani.

Ich klingle und sie öffnet mir die Tür.

„Na, hast den Weg doch noch gefunden."

„Wie viel wiegst du?", frage ich.

„Achtundfünfzig Kilogramm. Wieso?"

Gedanken kleiner gleich achtundfünfzigtausend Gramm, denke ich, lächle und trete ein.

„Du gefällst mir nicht", sagt Ani.

„Was meinst du?"

„Als du noch über deine Eltern geschimpft hast – da wusste ich, dir geht es gut. Dich still zu erleben, bereitet mir Sorgen."

„Deshalb bin ich doch hier."

„Möchtest du dich heute wieder lautstark auslassen?"

„Nein, ich brauche einen Menschen, der mich liebt."

Wir gehen in ihr Zimmer.

7

Amelie

Es ist Nacht. Mathea und Ina sind in ihren Zimmern und ich liege nackt in unserem Bett. Ich erinnere mich an uns, Georg. An unsere Jugend und wie wir uns hemmungslos liebten. Du bist tot und ich denke daran, wie wir uns im Bett gerekelt haben, verschwitzt und außer Atem, und daran, wie schön weich sich deine Haut angefühlt hat. Ich schäme mich gerade etwas und gleichzeitig bereitet es mir große Freude. Das ist bescheuert, denn als du noch bei uns warst, konnte ich dich nicht mehr riechen. Alles an dir war abstoßend unerotisch – dein Gang, deine Art zu sprechen, deine bloße Anwesenheit. Es war wie: *Er ist zwar mein Mann und doch ist er mir weniger wert als ein Freund.* Ich habe dich sexuell vernachlässigt, um mir meine Lust zu bewahren – *beschmutz mich nicht, alter Mann, damit ich noch Lust empfinden kann.* Zuweilen stelle ich fest, wie merkwürdig absurd Gedanken sein können. Sie führen uns an Orte, die ihren eigenen Gesetzmäßigkeiten folgen. Dort hat man drei Arme und vier Beine und du bist dort doppelt so alt wie ich, dabei bin ich kaum jünger als du gewesen. Wenn ich also gedacht habe, dass du, alter Mann, mich nicht beschmutzen solltest, meinte ich vielleicht die *Zeit.* Du hast mich mit deinem alten Körper nur daran erinnert, dass ich nicht mehr die Jüngste bin. Siehst du, Georg, Gedanken sind absurd, denn sie geben mir nur selten Antworten, meist servieren sie mir nur eine Idee, eine Perspektive oder eine Behauptung.

Du hast mal gesagt, das Leben sei paradox. Ich fürchte, so hat es sich mit meiner Liebe zu dir verhalten: *Geh weg, bleib hier. Fass mich nicht an, aber komm zu mir ins Bett.*

Und irgendwann habe ich deine Veränderung gespürt und ich kann es dir nicht verübeln. Gelegentlich hast du gelächelt. So, als sei dir ein Gespräch in den Sinn gekommen, das dich erheitert hat. So, als könnte man dir dein Geheimnis nicht ansehen, denn was ist an einem Lächeln so sträflich. Du hast eine andere Frau geliebt, nicht wahr? Ich glaube, ich bin ihr auf deiner Beerdigung begegnet. Du hättest sie sehen müssen, wie sie gelächelt und dir einen Brief ins Grab geworfen hat. Sie war schön anzusehen. Krauses Haar. Ein Strahlen von innen heraus, so, als könnte sie jegliche Trauer mit ihrem Lächeln ausradieren. Es wirkte so, als wolle sie sagen: *Sollten wir uns nicht glücklich schätzen, diesen Mann in unser Leben hineingelassen zu haben?*

Sie liebt dich, Georg, man hat es ihr angesehen – ihre Hände haben gezittert, sie mühte sich, aufrecht zu laufen, aber ich bin eine gute Beobachterin. Warum hast du mich nicht verlassen und bist zu ihr geeilt? Mit offenen Armen und dem Gesicht, das du uns nur verstohlen gezeigt hast. Hast du dich uns verpflichtet gefühlt, weil du deine Rolle in unserem Leben überschätzt hast? Ich sage dir, du hast uns alle um unser Glück gebracht, Georg.

Ich hätte mit unseren beiden Mädchen in einer kleinen Wohnung gelebt und du mit der Frau, die es geschafft hat, dich von deiner einstigen großen Liebe zu entreißen. Klar, ich hätte dich verlassen können, aber ich habe dich geliebt, auch wenn ich dich nicht geliebt habe. Klingt es bescheuert? Für mich tut es das und doch ist es das, was ich für dich empfunden habe – Liebe und Abstoßung.

Ich liege nackt in unserem Bett und denke an unsere Jugend und an unsere misslungene Ehe. Ich hasse dich und fühle mich beschämt, weil ich glaube, dass du jetzt als Seele neben mir liegst. Schau mich nicht an, Georg, aber das kann ich dir nicht mehr verbieten. Ich ziehe mich an und lege mich auf die Seite.

Ich frage mich, wie alles angefangen hat? Wann hat sich diese Kluft zwischen uns aufgetan? Konnte ich dich nicht mehr riechen, weil du eine andere Frau begehrt hast oder hast du eine andere Frau begehrt, weil ich dich nicht mehr riechen konnte?

Weißt du noch, wie schön wir uns unser Familienleben ausgemalt haben? Du sagtest immer, nichts könne dich so sehr verzaubern wie die glücklichen Augen unserer Kinder. Wie töricht ich war, dir für eine Weile geglaubt zu haben. Ich erinnere mich, mehr noch sehe ich dich vor Augen und höre dich in meinem Kopf noch immer laut fluchen, weil sie uns in den Nächten nicht schlafen ließen. Zuerst die eine und Jahre später die andere: *„Sie soll endlich die Klappe halten, ich will schlafen!"*

Ich liebe unsere Töchter. Mehr noch, als ich mich lieben könnte und dich jemals geliebt habe. Glaube nicht, ich habe nicht erkannt, dass sie uns unsere knappe Zeit mit ihrer Bedürftigkeit entrissen haben. Wie konntest du es diesen kleinen Wesen übel nehmen?

Zeit sei relativ, heißt es, wie lang sie uns in den vergangenen Jahren wohl vorgekommen sein muss ... Sag, haben wir in der Hölle gelebt?

Ich öffne meine Augen. Bisher Lautloses wird wahrgenommen – ich höre die Küchenuhr ticken. Sie nervt mich, nein, es fühlt sich an, als würden sich Schrauben in meine Ohren drehen. Sie war mir schon immer lästig. Du wolltest die Uhr haben, hast auf dem Trödelmarkt gefeilscht und sie für ein bisschen Geld bekommen. Sie würde dich beruhigen, sagtest du. Mein Herz schlägt schneller, ich schnappe nach Luft, stehe auf, gehe in die Küche, nehme die Uhr von der Wand und werfe sie zu Boden. Sie zerspringt. Ich schreie nicht, um die Kinder nicht zu wecken, obwohl mir nach schreien zumute ist. Ich räume die Scherben weg, trete hinein und schneide mich am rechten Fuß.

Dich nicht hier zu haben, schmerzt. Wärst du jetzt hier – du wärst mir eine unerträgliche Gesellschaft.

Ich verbinde die kleine Wunde und weine, weil ich den Mann verloren habe, den ich nicht liebe. Ich weine, weil ich den Mann verloren habe, den ich über alles geliebt habe.

Als ich fertig bin, gehe ich zurück ins Bett und weine weiter.

8

Ani und ich liegen seit Stunden in ihrem Zimmer – sie auf dem Bett mit ihrer Blumenmädchenbettdecke und ich daneben auf dem Laminatboden. Es ist Samstag. Nach dem Frühstück habe ich mich aufs Fahrrad geschwungen, bin einmal um den Park und dann zu ihr gefahren. Auf dem Weg zu ihr bin ich Eichhörnchen begegnet und ich habe mich gefreut, denn sie erheitern mich mit ihrem niedlichen Dasein. Die kleinen Kletterkünstler waren schnell auf einem Baum und ich habe sie aus den Augen verloren. Ich habe angehalten, bin abgestiegen, habe die Augen geschlossen, einmal tief Luft geholt, innegehalten, die Augen geöffnet, das Fahrrad zur Seite geschoben, mich auf den Rasen gelegt und gelächelt. Ich wollte der erdrückenden Stille von zu Hause entfliehen, um die Stille neben Ani zu genießen, und habe im Park Frieden gefunden. Der Weg von A nach B birgt Überraschungen und Erkenntnisse. Wie schön, dass niemand im Park war, der meinen Frieden stören konnte. Zu einer späteren Zeit vielleicht, wenn die Menschen sich nach ihren samstagmorgendlichen Ritualen aufmachen, um sich die Natur einzuverleiben, sie zu genießen und eins mit ihr zu werden: *Wir sind natürliche Wesen und natürliche Wesen brauchen die Natur.* Als ich in der Früh los bin, um zu Ani zu fahren, waren sie bestimmt mit dem Frühstück beschäftigt, mit Zähne putzen, mit der Klamottenauswahl. Ich hingegen habe mir eine Jogginghose übergestülpt und bin ungewaschen los, Hauptsache raus aus dem Wahnsinn, der meine Gedanken infiltriert.

Nun aber bin ich in einem viel zu kleinen Zimmer und Ani und ich reden nicht. Sie starrt die Decke an und ich tue es ihr gleich. Ich höre ihren Atem, spüre meinen Herzschlag und der kurz zuvor noch erdrückende Raum wird eine Elfenwelt voller Ruhe und Gelassenheit. Ich schließe die Augen, schwebe hinfort und entdecke Blumen so groß wie gemeine Fichten, Schmetterlinge so groß wie Flugzeuge und eine Gedankenblase über mir, die zeigt, was ich sehe – eine Welt in einer Welt.

Stille, um der Stille zu entfliehen, ist wie Urlaub im Urlaub. Ich brauche Erholung vom Schlaf. Träume plagen mich in der Nacht.

Papa, heute bin ich schweißgebadet wach geworden. Ich habe von deiner durchgeschwungenen Hand geträumt und es war schmerzhaft. Bist du mir bis in den Traum gefolgt, um mich zurechtzuweisen? Nur, was soll mir diese Ohrfeige sagen? Einmal, es war vor ungefähr zwei Wochen, da sagtest du in meinem Traum: Ich habe dich lieb, Ina. Und ich wachte weinend auf. Wieso hörte ich es nicht schon zu deinen Lebzeiten? Wieso jetzt in meinen Träumen? Lass mich in Ruhe, Papa. Lass mich ein schönes Leben ohne dich und deine Launen führen. Wie schön es ist, abends deine Stimme nicht mehr hören zu müssen!

„Wollen wir nicht sprechen?", fragt Ani, zerschneidet die Stille und ich öffne die Augen.

„Worüber?"

„Über dich. Lass mich deine Seelentherapeutin sein."

„Ich halte nichts von Seelenklempnern."

„Darauf kommt es nicht an."

„Worauf kommt es nicht an?"

„Auf den Therapeuten. Es geht um dich und darum, dass du deine Gedanken laut aussprichst. Gedanken müssen ihren Geburtsort verlassen, um ein Eigenleben zu entwickeln. Am besten sind Selbstgespräche. Menschen, die keine führen können, gehen zu einem Therapeuten."

„Ich führe Selbstgespräche, Ani."

„Vielleicht nicht oft genug oder falsch. Der Patient muss eine neue Perspektive auf die Dinge erlangen, die ihn bedrücken. Das würde nur in einem konstruktiven Gespräch funktionieren. Ich habe in einer Zeitschrift mal gelesen, dass man sein Hirn neu programmieren müsse. Die Software, verstehst du? Lass mich deine Software umschreiben, okay?"

„Du spinnst", sage ich und schließe wieder meine Augen. Die Sonne scheint durch das Fenster und erwärmt das Zimmer. Wenn Sonnenstrahlen einen küssen, fühlt es sich so an, als würde man seine Lebensenergie aufladen.

„Jetzt pass mal auf. Entweder wir reden oder ich schmeiße dich raus."

Ich lache.

„Ich mache keinen Spaß, Ina."

„Ich weiß."

„Und warum lachst du?"

„Weil ich es liebe, wie du mit mir umgehst, und ich liebe dich, Ani. Du bist meine beste Freundin. Freundinnen müssen Arschtritte verteilen, sonst wären sie Arschlöcher."

Sie beugt sich zu mir runter und boxt mich auf die Schulter.

„Hör auf, so niedlich zu mir zu sein."

Und jetzt lachen wir beide. Es ist ein leises Lachen, das laut erklingt. Es ist, als würde mein Kopf saniert werden. Ein *hier Leute, das muss raus und auf dem Weg nach draußen, nehmt ihr das große Paket gleich mit,* doch dann weine ich, weil ein einziges Lachen den Krempel nicht herausräumen kann. Vielleicht gehört das Weinen zum Krempel, der raus muss. Ani lässt mich liegen. Sie umarmt mich nicht. Als ich mich beruhigt habe, sagt sie: „So, Patientin Nummer eins, wir haben viel Arbeit vor uns."

„Scheint so."

„Willst du von deinen letzten Tagen erzählen?"

„Ich war im Schlafzimmer meiner Eltern und habe herumgestöbert. Ich wollte den Mann kennenlernen, der mir heute merkwürdigerweise fremd erscheint. Je länger ich an ihn denke, desto weniger weiß ich über ihn. Ich ging an seinen Kleiderschrank, roch an seinen Hemden und Hosen, aber sie dufteten nur nach Weichspüler. Es ist komisch, ich kannte ihn seit meiner Geburt und jetzt ist es so, als hätte mich ein Fremder großgezogen. Neulich hat mir Onkel Niko eine Geschichte von ihm erzählt. Er kam vorbei und meinte, er wollte uns sehen. Wir setzten uns mit Mama in die Küche und er redete – seine alten Geschichten waren neu für mich. Mama nickte, lächelte und lachte. Onkel Niko meinte, mein Vater sei der mutigste Mann gewesen, den er kennen würde. Ich dachte nur, *Papa war ein Superheld.* An jenem Abend ist der Traum eines jeden Kindes wahrgeworden und ich fragte mich, wer Papa überhaupt war. Er hätte jemanden vor dem Ertrinken gerettet, sich für Schwächere eingesetzt und es mit drei Männern gleichzeitig aufgenommen. Seine harte Rechte sei gefürchtet gewesen. Als Onkel Niko wieder gefahren ist, habe ich mich im Zimmer in den Schlaf geweint.

Im Kleiderschrank meiner Eltern habe ich ein Fotobuch entdeckt und blätterte darin herum. Große Augen, schmale Lippen, breites Grinsen, Segelohren und mir fiel auf, dass ich meinen Vater vorher nie als Kind gesehen hatte. Ein hübscher Junge. Mathea gleicht ihm. Ein Lächeln mit einem Ausdruck im Gesicht, als würde er etwas aushecken wollen, einen Schabernack zu seiner Freude. Ich habe geweint, als ich die ganzen Bilder von ihm entdeckt habe. Es war, als wäre er nicht er, verstehst du? Mir hat das Gleichnis gefehlt, das *ja, das ist mir bekannt, so habe ich ihn kennengelernt.* Er sah niedlich aus als Kind und hübsch als heranwachsender Mann. Er hat Fußball gespielt und hatte eine schöne Statur. Und er lachte auf den Bildern und es wirkte einladend, so, als wollte er sagen, *komm, mach mit, das Leben ist zu kurz, um traurig zu sein.* Ist das Leben wirklich zu kurz, Ani, oder ergeben wir uns unserem Alltag? Unter einem Bild schrieb er: *Es sind unsere Abenteuer, die unser Leben bereichern und langsamer verstreichen lassen –* und da war er wieder, dieser eine Aphorismus, den ich so oft von ihm gehört hatte.

Nachdem ich das Fotobuch zurückgelegt hatte, fragte ich mich, was passiert sein muss, dass er ein solcher Penner geworden ist."

Ani schweigt und dann seufzt sie: „Es ist egal."

„Was genau?"

„Seine Vergangenheit."

„Nicht für mich."

54

„Ich habe mal gelesen, dass Menschen viele Facetten hätten. Die Vaterfacette schien ihm nicht zu stehen."

„Schauspieler?"

„Sind wir das nicht alle? Wir erfüllen unsere Rollen. Heute bin ich die Freundin-Ani. Später, wenn du weg bist, bin ich die Tochter-Ani. Dein Vater war ein Arschloch für dich und gleichzeitig war er es vielleicht nicht für andere."

„Ich möchte ihn lieben, Ani."

„Hast du dich bei der Frau gemeldet?"

„Nein, ich habe Angst."

„Wovor?"

„Vor mir. Ich habe Angst, dass sie mir sagt, dass seine Familie sein Unglück war."

„Diese Frage wird dich genauso verfolgen, wie es die Gewissheit tun würde. Du solltest dich deinen Ängsten stellen, Ina."

Ein Gespräch 1

Es ist später Nachmittag und Holger Patrice tritt sich die Schuhe vor der Haustür ab, greift in seine Manteltasche, zückt den Hausschlüssel, öffnet die Tür und geht hinein. Vom Kalten ins Warme und er schüttelt sich, so, als würde er seine Flügel wie ein Vogel aufplustern.

Er zieht sich die Jacke und die Schuhe aus und geht zügig ins Wohnzimmer. Seine Frau Beate, ein zierliches Persönchen mit langen dünnen Fingern und knochigen Schultern, hält ein Nickerchen auf dem braunen und zerfransten Ledersofa. Seine Tochter Sophia erledigt ihre Schulaufgaben auf dem Esstisch. Er setzt sich zu seiner Frau und rüttelt und schüttelt sie. Seine Augen sind sperrangelweit geöffnet.

„Beate, wach auf! Wach auf, Beate!"

Beate schwingt ihren rechten Arm.

„Lass mich in Ruhe, Holger, ich hatte einen harten Arbeitstag und möchte mich entspannen."

„Ich muss dir etwas erzählen, los!"

„Kann das nicht bis später warten?"

„Ich bin aufgewühlt. Ich platze."

Beate öffnet die Augen, setzt sich auf, seufzt und reibt sich Stirn und Gesicht, so, als könnte sie die Anstrengungen des Tages einfach wegwischen.

„Was ist denn jetzt schon wieder?"

„Ich bin an Georgs Haus vorbeigefahren."

„Welcher Georg?"

„Inas Vater, mein alter Jugendfreund, auf dessen Beerdigung ich war. Weißt du noch?"

Holger steht auf und hält sich mit der rechten Hand den Nacken, während er sich mit der linken an sein Kinn fasst.

Beate gähnt: „Ach der, du bist vorbeigefahren und dann?"

„Und dann, ja, und dann. Dann habe ich seinen besten Freund, Niko, das Haus verlassen sehen. Das ist das dritte Mal in diesem Monat. Das dritte Mal sage ich dir! Die haben ein Verhältnis, ganz sicher. Ganz sicher bin ich mir."

„Der ist doch erst vor ein paar Wochen gestorben."

„Vor etwa drei Monaten, Beate, und Niko schmeißt sich gleich an seine Frau ran. Und seiner Frau scheint es zu gefallen. Ekelhaft."

Beate schreckt hoch.

„Meinst du, es war Mord, damit die beiden ihre Liebe zueinander ausleben können? Das passiert ständig."

Holger tippt sich auf die Stirn.

„Du bist in meinem Kopf, Liebste. In meinem Kopf bist du. Gleich morgen früh melde ich mich bei der Polizei. Anonym. Die sollen die Leiche exhumieren und nach Toxinen suchen."

Sophia knallt ihren Stift auf den Tisch, steht auf und brüllt: „Ihr seid ekelhaft! Kaum zu glauben, dass ihr meine Eltern seid, ich schäme mich!"

„Was ist denn jetzt mit dir los?"

Beate legt ihre rechte Hand auf die Brust und die linke vor den Mund.

„Was mit mir los ist? Was ist mit euch? Und wenn Inas Mutter ein Verhältnis mit diesem Niko haben sollte, es geht uns nichts an."

„Die Familie ist merkwürdig. Man erzählt sich, dass Ina Selbstgespräche führen würde. Vor Mathea, Inas jüngerer Schwester, sollen sich die Kinder in der Schule fürchten. Halte dich fern von ihnen."

„Oh, der paranoide Herr möchte mir Vorschriften machen … Sie ist freundlich und das reicht mir. Außerdem ist sie weniger schräg als ihr es seid und vielleicht sollte ich mich mit ihr anfreunden, denn meine jetzigen Freundinnen sind genauso bescheuert, wie ihr es seid! Ist euer Leben denn so langweilig, so unermesslich unbedeutend träge, dass ihr euch an den Leben anderer ergötzen müsst?!"

58

Holger holt tief Luft und erklärt bestürzt: „Es könnte sich hierbei um Mord handeln. Es ist meine Pflicht als guter Bürger, die Polizei zu informieren."

Sophia zittert jetzt vor Wut: „Ich gehe öfter mal Oma auf dem Friedhof besuchen und immer, wenn ich dort bin, sehe ich Inas Mutter dort stehen. Das wüsstet ihr, wenn ihr Oma auch mal besuchen gehen würdet. Aber ihr schlaft lieber oder verbreitet Gerüchte oder schaut euch nutzlose Sendungen an! Inas Mutter trauert mit stillen Tränen um ihren Mann, so viel steht fest! Du willst trauernden Menschen das Leben für deine Sensationslust mit Lügengeschichten verkomplizieren? Du widerst mich an, Papa! Und sollte Inas Mutter doch ein Verhältnis haben, ist es ihr gutes Recht! Wir trauern alle anders und wir leben jeder für uns ein eigenes Leben mit eigenen Regeln. *Psychologie der inneren Wünsche* – ihr solltet mehr lesen!"

Sophia verlässt den Raum und geht in ihr Zimmer. Bevor sie die Wohnzimmertür hinter sich zugeknallt hat, sagte sie laut: „Ihr seid Arschlöcher!"

10

Es ist Montag und Schulzeit ist Abfuckzeit. Ich habe keine Lust gehabt hinzufahren, also bin ich mit dem Fahrrad in die entgegengesetzte Richtung los: dicke Jacke, Winterschuhe, Mütze auf dem Kopf und tschüss, raus aus der Stadt, am Kanal entlang, Richtung Osten, dorthin, wo die liebe Sonne aufgeht. Die Beine treten in die Pedale. Das Herz pumpt Sauerstoff in die Muskeln. Frische herbstliche Luft hält das System am Laufen. Die Sonne scheint mir ins Gesicht und es fühlt sich an, als sei dieser Ausflug schicksalshaft: *Wie einfältig zu glauben, man hätte Kontrolle über das eigene Handeln. Der Ausgang der Zukunft steht doch bereits fest. Oder, Papa? Ich habe so etwas mal gelesen. Wir seien nichts weiter als kleine Computer innerhalb eines großen computergesteuerten Systems – kleine Welten innerhalb eines Planetengetriebes. Es war ein verrückter Roman eines verrückt gewordenen Schriftstellers, der sich vor ein paar Jahren das Leben genommen hat.*

Es ist schön hier. Ich mag das Knistern des Schotterwegs beim Fahren.

Doch ... Zeig dich mir von einer anderen Seite, menschengemachte Wasserstraße. Zeig mir Abwechslung, dich mir verspielter und lebendiger. So, als würdest du etwas für mich bereithalten – jeden Kilometer etwas Neues, Abenteuerliches ...

Da sich mir der Anblick nicht ändert, halte ich und denke: *Hier ist es genauso schön wie vor einem Kilometer und es wird sich in den nächsten Kilometern wohl kaum ändern,* also raste ich. Der Schotterweg hat erst unter den Rädern geknistert, nun knistert er unter meinen Füßen. Ich atme die feuchte Luft tief ein – fühlt sich so Freiheit an? Oder bin ich noch immer eine Gefangene meiner Gedanken?

Jemanden zu verlieren, ist genauso, als würde man sich selbst verlieren. So fühlt es sich an und ich habe festgestellt, dass wir zusammengehört haben, Papa. Zu meinem Bedauern ist es mir vorher nicht aufge-

fallen. Du bist tot, die Sonne ist über dem Himmel – jeder hat seinen Platz im Leben. Vorher hattest du deinen Platz in mir. Du warst der Teil in meinem Leben, dem ich zu viel Verantwortung zugetragen habe. Einmal sagtest du: Du bist für dein scheiß Leben selbst verantwortlich, denn es mangelt dir an nichts!

Es mangelt mir an Liebe, aber das verstehst du nicht, *wollte ich schreien, habe mich aber nicht getraut.*

Mein Platz ist hier auf der Erde, dein Platz ist darunter.

So kann sich Freiheit niemals anfühlen. Ich bin wahrlich eine Geknechtete meiner Gedanken.

„Gebt mir ein Skalpell, ich beseitige dieses gedankenvolle Übel!", rufe ich.

Trotz meines Himmelfahrtskommando-Gedanken fühlt sich der Morgen herrlich an. Ich stelle das Fahrrad ab, lege mich auf den Grünstreifen, verschränke die Arme hinter dem Kopf und schließe meine Augen.

Von den Lehrern wird sich keiner um mein Fehlen kümmern: Rücksichtnahme für die fünf Phasen der Trauerbewältigung. Herr Wagner hat mich nach seinem Biologieunterricht zur Seite gezogen und mir die Dringlichkeit therapeutischer Hilfe nahegelegt. In diesem Moment wurde mir das Ausmaß meiner schulischen und privaten Möglichkeiten bewusst. Trauer ist ein gutes Werkzeug, die Empathie anderer auszunutzen. Ich sah ihm durch seine Brille in die Augen, bedankte mich für die Anteilnahme und verließ grinsend das Klassenzimmer. Stille Zeit zu genießen … Wie wertvoll Stille ist, habe ich erst verstanden, als sich die Gedanken zu einer Wanderschaft aufgemacht haben und seither nicht zum Erliegen gekommen sind. Sie sind Fluch und Segen zugleich, denn sie sind die Lösungen ihrer eigenen Probleme.

„Du erkältest dich noch."

Ich öffne die Augen, setze mich auf und blicke einem mittelgroßen Mann ins Gesicht. Er wirkt verbraucht und schwächlich. Schmales Gesicht zu dünnen Beinen, alt und jung zur gleichen Zeit und er hat eine

Liebenswürdigkeit in den Augen, der man blind vertrauen möchte. *Der sieht nett aus,* denke ich im ersten Augenblick. Doch ... *Das tun Serienkiller auch.*

„Ist mein Leben", antworte ich und er lacht.

„Was gibt's zu lachen?", frage ich.

„Du hast recht. Ich habe mich in etwas eingemischt, was mich nichts angeht. Grüß mir deine Erkältung morgen."

Jetzt lache ich. Vertrauenswürdiger-Vielleicht-Serienkiller-Mann ist schlagfertig.

„Was machen Sie hier so früh am Morgen?", frage ich, obwohl mich das genauso wenig angeht, wie ihn meine Gesundheit etwas angeht.

„Das ist meine morgendliche Routine. Eine Stunde im Kreis spazieren, dann nach Hause auf die Couch und bis spätabends ein Buch lesen."

Schwächlicher Mann antwortet mir höflich und respektvoll und wir hängen in einer Zwischenzone von: *Ich möchte nicht stören – bitte erzähl mir mehr. Ich möchte allein sein – leiste mir Gesellschaft.*

„Das können Sie so einfach?"

„So einfach ist es bestimmt nicht, aber ich habe das Lesen in der Schule gelernt."

„Ne, so meine ich das nicht. Haben Sie denn keinen Job?"

„Ich bin Rentner."

„In Ihrem Alter? Reiche Familie, was?"

Ich werde frech, vielleicht, weil ich seit Papas Tod noch niemanden provoziert habe. Gewohnheiten zu ändern, scheint nicht leicht zu sein.

„Nein, hartes Leben. Drogen, HIV, arbeitsunfähig."

„O fuck, hört sich übel an. Und das hauen Sie einfach so raus? Als wäre es nichts."

„Es ist mein Leben, hab's wieder in den Griff bekommen, also warum sollte ich mich verstecken? Kann nicht jeder von sich behaupten, den richtigen Weg wieder gefunden zu haben. Was ist mit dir? Keine Lust auf Schule?"

Vielleicht-Serienkiller-Mann scheint einen interessanten Lebenslauf zu haben.

„Vater vor neun Wochen gestorben und keine Lust auf Leben."

Er überlegt kurz und schaut in den Himmel, dann lächelt er: „Wenn's nur das ist. Ich wünsche dir eine schöne Erkältungszeit. Wir sehen uns."

Er geht und ich lächle. Nach ein paar Schritten dreht er sich um.

„Kein Protest?", fragt er.

„Weshalb sollte ich protestieren?"

„Nimmst dich nicht so wichtig, oder?"

„Vor neun Wochen noch hätte ich Ihnen den Arsch versohlt. Sie sind ganz schön frech, Mister."

Er kommt zurück: „Dieses Kompliment gebe ich gern zurück. Darf ich mich setzen?"

„Ich habe in der Tokioer Karateakademie den schwarzen Gurt gemacht, habe ein Messer in meiner Jacke und die Polizei weiß, wo ich bin."

„Klingt, als würde dir doch etwas an deinem Leben liegen."

Ich lache: „Schon etwas."

„Der Tod anderer kann ein Wegweiser sein. Möchtest du deine Zeit vertrödeln oder genießen?"

„Ich genieße meine Zeit, indem ich sie hier vertrödle. Wäre ich nicht hier, hätten Sie niemanden gehabt, der sie erheitert."

„Chapeau. Du bist ziemlich erwachsen für dein Alter."

„Schon möglich."

„Ich gehe, mein Buch wartet auf mich. Ich wünsche dir ein schönes Leben", sagt er, bleibt kurz stehen, lächelt und geht dann doch weiter. Ich lächle auch, lege mich hin, verschränke die Arme hinter dem Kopf, schließe die Augen und freue mich, ein unbefangenes Gespräch geführt zu haben.

Dann richte ich mich wieder auf und rufe ihm nach: „Jeden Morgen?", und er nickt.

Es war eine gute Entscheidung, die Schule heute nicht zu besuchen. Ich habe hier womöglich mehr für mein Leben gelernt als im Schulknast – keine Drogen zu nehmen und seine Zeit zu genießen. Auch: *unverhoffte Freude trifft man überall*. Vielleicht komme ich noch einmal her. Ich greife nach meinem Handy – es ist zehn Uhr einundzwanzig – *bis zum nächsten Mal, Fremder.*

11

Georg vor Leonie

Wir liegen nebeneinander. Das Licht ist ausgeschaltet. Ich starre an die Zimmerdecke, die früher eine Leinwand war. Ich habe unsere Zukunft in ihr gesehen. Wir waren alt, saßen auf einer Parkbank vor einem Wald und haben auf ein Tal mit einem kleinen Dörfchen hinuntergeblickt. Es hatte nur wenige Straßen und um das Dorf waren große Weiden und auf ihnen hunderte Kühe. Deine Hände waren faltig und kalt und ich hatte einen grauen Hut mit einem braunen Hutband auf. Du hast ihn dir geschnappt und auf den Kopf gesetzt.

„Sehe ich mit diesem Hut nicht wie eine Tänzerin aus?", hast du mich in meiner Vision gefragt.

„Sind wir nicht zu alt, um wie Tänzer auszusehen?"

Du hast oben an der Zimmerdecke gelacht und ich mochte das Bild einer lachenden Amelie, und ich konnte es kaum erwarten, uns so zu erleben: ein alter Mann mit seiner alten Frau, Hand in Hand. Jede einzelne Anstrengung war es mir wert, sollte ich in den Genuss kommen, von diesem Glück kosten zu dürfen. Doch ich sage dir, es ist kein Glück, von dem ich derzeit koste, sondern Gift. Nein, wie ein Stich ins Herz fühlt es sich an. Ein Stich mit einem in Gift getränktem Messer, als sich die Vision als listige Illusion demaskiert hat.

Seit Wochen sehe ich nichts als Dunkelheit an unserer Decke. Ein schwarzes Loch, das sich von den Träumen Liebender ernährt. Wann sind meine Träume gestorben? Seit du nicht mehr auf meiner Brust einschläfst oder seit ich deinen Seitensprung bemerkt habe? Wir haben zwei Töchter und dieser Kerl war nur eine Liebelei, ein Jemand, der uns nicht trennen konnte. Letztlich hast du mich nicht verlassen, vielleicht aber bist du für das Ideal einer glücklichen Familie geblieben. Für die Vater-Mutter-Kinder-Fotos zu Weihnachten. Seitensprünge würden selbst in den besten Ehen vorkommen, heißt es. Wenn dem

Haus das Gelächter fernbleibt, wenn die Streicheleinheiten für Streiteinheiten gewichen sind, wenn die Kinder eine zu große Last für zu schmale Schultern geworden sind, kommt das vor, was man gemeinhin Abenteuer nennt. Kann ich es dir verübeln, dass du ein wenig Lebensgefühl spüren wolltest? Dass du die Fesseln des Familiengefängnisses sprengen wolltest? Ich bin zu feige, um ein vielversprechendes Sex-Abenteuer zu erleben, das mich am Ende enttäuschen könnte. Ich füge mich meinem Alltag, ertrage all mein Leid für eine Vision, die nichts weiter als eine Illusion sein könnte und liege tot neben dir – gestorben schon vor langer Zeit. Dabei hat alles so schön mit uns angefangen.

Weißt du noch, wie ich zu dir an die Essensausgabe der Universität kam, *Hi* sagte und mir dabei das Tablett aus den Händen gefallen ist? Du bist schön, Amelie, das warst du schon immer. Dein blondes Haar von heute war früher rot und ich verliebte mich in dein Antlitz. Wie töricht ich war, mich zuerst zu verlieben und dich dann kennenzulernen. Doch es erwies sich, dass auch deine Seele schön war. Es war, als hätten sich Körper und Geist zu etwas Wunderbarem verbunden.

Das Leben kann einen verderben. Oder haben wir uns verderben lassen? Wir waren Gepeinigte unserer Träume und Erwartungen und es wirkte so, als wäre uns jeder Lebensertrag zu klein gewesen. Nach so vielen Jahren müssen wir uns eingestehen, Amelie, dass wir zu hoch gestapelt haben.

Ich liege neben dir und spreche von einem *Wir*, dabei sollte ich nur von meinen Träumen und einem *Mir* sprechen. Habe ich dich möglicherweise mit den zu hoch gestapelten Erwartungen erschlagen? Sollte ich mir Vorwürfe machen, dass du dir eine Ablenkung gesucht hast, um mal wieder Luft zu bekommen? Du hättest mir sagen sollen: *Hör zu, ich benötige eine kurze Georg-Auszeit.* Ich hätte genickt, dich in den Arm genommen, deinen Kopf gestreichelt und geflüstert: *Meine Tür steht dir jederzeit offen.* Das klingt nicht nach mir, also hätte ich vermutlich gewütet, denn ich bin ein verständnisloser Mann. Nach dem Kern des Unheils zu suchen, ist wie bis in die Unendlichkeit zu bohren.

Ich hätte einfach bei unserem Glück von damals bleiben sollen, als mir das Tablett vor Nervosität auf den Boden gefallen ist. Du hast gekichert, weil du wusstest, dass dieses Malheur dir und deiner Schönheit galt und du hast erwidert: „Hi, ich heiße Amelie."

So hat alles angefangen. Der Anfang einer traurigen Geschichte könnte man meinen, doch vielleicht erwacht ein neuer Traum und die dunkle Zimmerdecke wird mir wieder zur Leinwand.

Du schläfst und ich küsse dich auf die Stirn. Es fühlt sich wie ein Lebwohl an, dabei werde ich nirgendwo hingehen.

„Du und ich gegen den Rest der Welt", hast du immer gesagt und nach Ina sagtest du: „Du, Ina und ich gegen den Rest der Welt." Nach Mathea hast du nichts gesagt. Es sollte mir eine Warnung sein, doch ich habe es nicht verstanden. Wie dumm ich bin …

Am Wochenende bin ich auf der alljährlichen Tagung meiner Firma. Mit ein bisschen Abstand wird danach vielleicht alles wieder besser. Wenn ich mein Ego, meine Träume und Wünsche hinten anstelle.

Ich lächle und schließe meine Augen.

Ja, ganz bestimmt. So wird es sein.

Doch wie trostlos erscheint mir ein Leben voll unerfüllter Träume und Wünsche.

Mathea

Ich heiße Mathea und bin die Tochter des liebenswürdigsten Papas gewesen. Die Leute sagen, ich sei ihm wie aus dem Gesicht geschnitten, doch ich finde, ich sehe aus wie ich. Die Leute sagen auch, dass ich etwas schräg sei. Damit meinen sie nicht, dass ich wie der schiefe Turm von Pisa sei. Sie meinen, ich hätte eine schräge Persönlichkeit, halt nicht normal – was auch immer dieses *normal* bedeutet.

Ich denke, in meiner Familie sind wir alle schräg und ich bin etwas schräger als der Rest von ihnen. Das ist gut so – schräg, schräger, Mathea. Das ist lustig und deshalb mache ich das absichtlich: Schräger zu sein, als ich es ohnehin schon bin.

Neulich beim Abendessen habe ich meinen Kopf schief gestellt und Ina die ganze Zeit von der Seite beobachtet. Ich wollte ihre Aufmerksamkeit, doch Mama hat als erste reagiert.

„Was machst du da?", hat sie mich gefragt und ich habe ihr geantwortet: „Nichts."

„Es sieht nicht nach nichts aus."

Ina drehte sich dann zu mir, sah mich an, kaute dabei, aber sagte nichts. Und so haben sich zwei schräge Mädchen angeschaut.

„Ich versuche, Inas Seele in ihren Augen zu entdecken, aber es gelingt mir nicht", habe ich gesagt und mir das Lachen verkniffen. Das kann ich mittlerweile gut, denn ich habe hart dafür vor dem Spiegel geübt.

Papa habe ich auch immer reingelegt. Ich habe ihn im Schach immer gewinnen lassen. Im Internet spiele ich gegen internationale Meister und Großmeister und gewinne oft. Ich glaube, ich bin hochbegabt, aber das muss niemand wissen. Und ehrlich gesagt ich auch nicht, obwohl die Vermutung doch ziemlich nahe liegt. Welche Elfjährige schlägt schon Großmeister im Schach? Sicher nicht viele. Ach, ich habe es geliebt, Papa glücklich zu sehen und ich habe ihm gern dabei geholfen. Und wenn er dann mal glücklich war, war er immer so witzig.

Das war leider selten. Mama und Papa haben sich nicht geliebt und das hat beide sehr unglücklich gemacht. Eigentlich stimmt das auch nicht ganz. Sie haben sich geliebt, aber nicht so, wie sie es sollten. Für Ina war das schwer zu ertragen. Ich glaube, sie versteht nicht, warum sie ihr Leben so schwer erträgt. *Weiß ich es denn?*

Manchmal lächelt sie mich an und ich freue mich. Die Arme leidet gerade, ich höre sie oft Selbstgespräche führen. Das hat sie schon früher gemacht, doch nicht so häufig wie seit Papas Tod.

Wenn wir älter sind, werde ich Ina alles erzählen. Dass ich gern die schrägste in der Familie war. Dass ich viel cleverer bin, als ich vorgegeben habe zu sein. Dass ich irgendwann Schachweltmeisterin werden möchte und dafür schon sehr hart trainiere. Ich werde ihr einfach alles erzählen. Auch, dass ich zu ihr aufschaue, weil sie sich nie unterkriegen lässt.

Du fühlst dich einsam, nicht wahr, Ina? Ich werde noch schräger für dich werden. Ich werde dein Herz mit warmen Worten streicheln, du wirst schon sehen. Lass mich deine Freundin sein. Deine Vertraute. Deine ärgste Kontrahentin. Deine Nervende. Ich werde für dich da sein, ab jetzt und für immer und wenn wir erwachsen sind, werden wir täglich telefonieren, weil wir uns ärgern, uns lieben und uns Trost spenden wollen.

Ich hab dich lieb, Schwesterherz.

13

Es klopft fünfmal laut an meiner Zimmertür und ich weiß, es ist Mathea. Ich habe sie mal gefragt, warum sie so oft klopfen würde, und sie sagte, dass sie es nie beabsichtigt hatte, aber sie hätte nachgedacht. Fünfmal zu klopfen, sei die Lösung, nicht überhört zu werden. Mathea ist ein nachdenkliches Mädchen, eins dieser Kinder, das einen Gedanken in seine Bestandteile zersetzt und wieder zusammenfügt.

Sie sagte, drei Klopfer würden reichen, aber was, wenn ich die ersten beiden Klopfer überhören würde und lediglich den dritten hören würde. Ich würde annehmen, dass ein Versehen vorläge oder mir meine Fantasie einen Streich spielen würde. Fünf laute Klopfer würden gehört werden. Da bestünde kein Zweifel. Ich sagte, sie solle dreimal laut klopfen, und schauen, ob es nicht doch klappt. Sie wehrte sich dagegen, schüttelte vehement den Kopf und sagte: *„Nein, nein, nein, ich habe es versucht."*

„Was hast du versucht?", fragte ich.

„Dreimal laut an die Tür zu klopfen."

„Wann denn?"

„Eben gerade. Papa ist in seinem Zimmer und ich habe an die Tür geklopft. Er hat mich nicht gehört. Also bin ich wieder gegangen. Hätte er mich gehört, hätte er mich hineingebeten, das tut er sonst immer. Nicht ein einziges Mal hat er mich abgewiesen."

„Vielleicht hat er angenommen, ich sei es gewesen. Mich bittet er nie herein."

„Interessant."

„Was genau?"

„Also ist das fünfmalige Klopfen zu meinem Erkennungsmerkmal geworden. Danke, Ina, ich habe eine neue Perspektive erlangt."

„Aber warum hast du es nicht noch einmal versucht? Du hättest doch auch öfter klopfen können, bis er dich hört. Oder rufen, ja, du hättest rufen können."

„Ich möchte nicht stören. Ein unmissverständliches Klopfen ist die Lösung und sollte ich nicht hereingebeten werden, möchte man nicht gestört werden. Das ist okay. Fünfmal und kein Herein *und der Stern bleibt fern."*

Wenn ich so darüber nachdenke, hat diese Unterhaltung keinen Sinn ergeben. Damals ist mir das nicht aufgefallen und manchmal habe ich das Gefühl, dass sie nur Spielchen treibt. So, als würde sie sagen: *Wie spaßig es ist, in eine absurde Rolle zu schlüpfen.*

Mathea ist wahrlich ein spezielles Kind. Vielleicht war sie deshalb Papas Liebling. *War sie es denn wirklich?*

„Herein", rufe ich und die Tür öffnet sich. Mathea setzt sich zu mir ans Bett.

„Wie geht es dir?", fragt sie mich.

„Gut, warum?"

„Seit Papas Tod bist du still geworden. Ich kenne dich so nicht."

Es fühlt sich an, als würde Mama bei mir sitzen und sich nach meinem Befinden erkundigen. Spezielle kleine Schwester wirkt nicht kindlich.

„Du bist doch selbst still", entgegne ich.

„Das war ich schon immer."

„Nicht so wie jetzt."

„Interessant", sagt sie.

„Dass es dir nicht aufgefallen ist?"

„Du bist seit Papas Tod feinfühliger geworden. Vorher warst du nur bei dir. Du nimmst mich endlich wahr. Du liegst falsch, große Schwester. Ich war schon immer still und bin gern mit mir allein. Das hat was mit Mama, Papa und dir zu tun. Als Papa noch gelebt hat, waren wir Einzelgänger in einer Familie, und es scheint sich jetzt geändert zu haben. Willst du darüber sprechen?"

74

Erwachsene Worte im Mund einer Elfjährigen.

„Was stimmt nicht mit dir?", frage ich, doch im Grunde bin ich begeistert.

„Was soll mit mir nicht stimmen?"

Ich setze mich auf, nehme sie in den Arm und sage: „Weißt du, Schwesterchen, ich frage mich, ob Papa gar nicht so furchtbar war, wie ich annehme. Vielleicht war ich das Problem in unserer Beziehung – zu erwartungsvoll, undankbar, arrogant. Vielleicht bin ich ein Miststück gewesen … Ja, vielleicht … Und ich kann mich nicht mehr bei ihm entschuldigen. Das macht mich fertig."

„Eine grundlose Persönlichkeitsstruktur gibt es nicht, Ina. Auf eine Aktion folgt stets eine Reaktion. Das ist der Lauf der Dinge. Verantwortung abzugeben, ist leicht und du hast es dir sehr einfach gemacht. Ich denke, du bist seit Papas Tod gewachsen."

„Du machst mich fertig, woher kennst du all diese Wörter und Ausdrücke?"

„Ich habe viel Zeit mit Papa verbracht. Der hat ständig so etwas gesagt. Und nach jedem Gespräch sagte er: *Ich liebe dich, Mathea, genauso wie ich deine Schwester liebe.* Mach dir nicht zu viele Gedanken, Ina, er war nie böse auf dich."

Wenn die Sprache eines Erwachsenen aus dem Mund eines Kindes erklingt, wirkt es bizarr, so, als würde eine alte Seele diesen Körper bewohnen.

„Ich möchte bitte allein sein", sage ich, lege mich wieder hin und drehe mich von ihr weg. Papa hat mich bedingungslos geliebt – er brauchte kein „Verzeih mir" von mir, kein „dir Schmerzen zugefügt zu haben, schmerzt mir". Und doch würde ich ihn gern um Verzeihung bitten. Nicht für ihn, der es ohnehin nicht gebraucht hätte, sondern für mich.

Ich höre Mathea das Zimmer verlassen. Kurz bevor sie die Tür hinter sich schließt, sagt sie: „Ich habe dich auch lieb, Ina."

Warum jetzt und nicht vorher? Ich merke, wie einsam, ungeliebt und verlassen ich mich gefühlt habe – ein fucking Zuhause eines ungeliebten abgefuckten Mädchens. Ich greife nach meinem Handy und rufe die schöne Frau mit den krausen Haaren an. Das Freizeichen erklingt und ich möchte auflegen, weil mich die *Was-Ist-Wenn-Fragen* terrorisieren. Mathea hat gesagt, dass mich Papa geliebt hätte, warum sollte es letztlich ein *Was-Ist-Wenn* werden? Ich war ihm keine Last. Ich war *Liebe* und *Liebe* kann niemals eine Last sein. Sie könnte mir schöne Geschichten erzählen und ich würde mich freuen, einen Papa gehabt zu haben, der ganz und gar nicht grimmig war. Zumindest nicht zu jeder Zeit. So wie Onkel Niko mir den Superheldenpapa zeigte, *Papa war mutig und er war stark, und er hat ein Leben gerettet.* So könnte sie mir ein Bild von einem Papa erschaffen, der lustig, zuvorkommend und von einer inneren Schönheit war, die mir bisher verborgen geblieben ist.

Leonie war vielleicht seine Geliebte. Wie viel Schönes könnte sie mir über ihn erzählen? Vielleicht würde sie mir sagen können, wie sich Liebe anfühlt, weil Papa sie geliebt hat wie keine andere vor ihr. Sie könnte mir sagen, ob sie sich geküsst haben. Mama und Papa haben sich nie geküsst. Ich glaube, sie hatten seit Jahren keinen Sex mehr. Sie wirkten wie Freunde, die sich insgeheim nicht mochten. Es wirkte so, als pflegten die beiden eine vorgeheuchelte Freundschaft, die nur existierte, weil sie voneinander profitierten. Ani sagte *Komfortzone* dazu. Meine Eltern waren wie ein Team, das kein Team sein wollte.

„Hallo?", höre ich.

„Spreche ich mit Leonie? Hier ist Ina, Georgs Tochter."

Am anderen Ende ist es still. Ich höre nicht mal ihren Atem, so, als würde sie innehalten, also erzähle ich weiter: „Wir haben uns auf der Beerdigung kennengelernt."

„Ich weiß, wer du bist. Warum rufst du an?"

Sie klingt streng, als wollte sie sagen: *Ich war nur nett zu dir, weil dein Vater gerade beerdigt wurde. Belästige mich nicht.* Oder es ist ein: *Der Tod deines Vaters erschüttert mich und du wirst mich an ihn erin-*

76

nern. Ich schaffe das nicht. Dir meine Nummer gegeben zu haben, war ein Fehler.

„Ich möchte mehr über meinen Vater erfahren."

„Er hat es vorausgesehen."

„Was genau?"

„Das ganze Szenario. Ich habe vor seiner Beisetzung einen Brief erhalten. Deshalb war ich anwesend. Ein Freund von ihm kam vorbei und überreichte ihn mir. Wäre dieser Freund nicht gewesen, hätte ich vom Tod deines Vaters nie erfahren. Georg wusste, dass du den Kontakt suchen würdest. Er schrieb … Warte, ich habe den Brief hier: *Ina ist ein neugieriges und aufgewecktes Mädchen, sie wird auf dich zukommen. Und du, Liebste, bist eine kontaktfreudige Frau und du wirst ihr deine Nummer überreichen. Doch sie wird sich nicht sofort melden. Sie benötigt Zeit, denn sie ist vorsichtig und achtet auf sich. Sich kopflos in ein Abenteuer zu stürzen, passt nicht zu ihr. Wenn sie sich gemeldet haben wird, erzähl ihr, was auch immer dir im Kopf umhergeht.*"

„Wusste er etwa, dass er sterben würde?"

„Ich weiß es nicht."

„Kann ich dich treffen?"

Ich verabrede mich mit Leonie.

14

Die Bahn tuckert.

Eins und zwei / danach kommt die drei / ich wünschte, ich wäre frei.

Liebe Bahn, bring mich nach Berlin zu Frau Leonie. Ich halte dieses Geheimnis zwischen ihr und Papa nicht mehr aus.

Eins und zwei / danach kommt die drei / ich wünschte, ich wäre frei / mein Gehirn wird bald zu Brei.

Die Fensterscheibe ist schmutzig, viele Handabdrücke formen ein Bild. Hinter den Fettschlieren fahren wir an einer bunten Landschaft vorbei. Der Herbst hat uns fest im Griff. Mein Schal bedeckt meinen Hals, die Daunenjacke umschließt meinen Körper und meine Hände stecken in den Jackentaschen. Seit ich von zu Hause los bin, friert es mich. Es ist eine durch die Aufregung ausgelöste Kälte. Eine wilde Kälte, die mit einer Jacke oder einer Wärmflasche nicht zu besänftigen ist. Sie kriecht meinen Rücken hinauf und rüttelt mich: *Fürchte dich, zarte Ina, fürchte dich, denn du wirst Geschichten hören, denen du nicht gewachsen bist.*

Mein Blick ist nach draußen gerichtet. Ich versuche mich durch die Aussicht abzulenken, doch meine Gedanken flüstern: *Die schöne Frau wird dir von der Unbeschwertheit ihrer Zeit berichten, von der schwerelosen Liebe, die dein Vater für sie empfunden hatte, von dem tränenreichen Abschied, der einen ausgetrockneten See hätte füllen können. Sie wird dir sagen, dass sein verfrühter Tod unausweichlich war, denn ihr hättet ihm alle Lebenskraft geraubt. Mörder, Mörder seid ihr.*

Groteske innere Stimme klingt theatralisch und abwegig. Oder?

Grünes Laub hat sich bunt gefärbt. Jahreszeiten vergehen schnell. Vor einer Stunde noch war es Sommer. Gestern hat Papa gelebt. Vorgestern war ich noch ein Kindergartenkind. Manchmal wünscht man sich die Momente ewig. Ewig lächerlich tanzender Papa, ewige lustige Nacht, ewig langanhaltender Kuss. Man sagt, der erste Kuss sei unvergleichlich, so wie der erste Sex und die erste Liebe. Ich glaube, es sind die ersten Male im Leben, die einen verzaubern. Auf das erste Mal folgt meist ein zweites Mal. Auf das zweite Mal ein drittes und auf das dritte Mal … Und so geht es so lange weiter, bis aus allem einzigartig Schönen trostlose Gewohnheit wird. Wie viel länger würde uns ein Leben erscheinen, würden wir das schöne Gefühl unserer ersten Male stets vergessen und immer wieder neu erleben? *Ich habe geliebt und diese Liebe war unbeschreiblich, unbeschreiblicher noch als die vorherigen Liebesbeziehungen und mir kam es so vor, als steckte der Moment in einer Eisstarre fest, so unglaublich wunderherrlich war die erste Berührung.* Wäre das stete Vergessen und neu Erlebte ein Geschenk, nach dem man sich sehnen müsste? Aber was wäre das Leben, ohne sich erinnern zu können?

Ich werde meinen ersten Kuss niemals vergessen. Ich war neun Jahre alt und ein Junge in meinem Alter war niedlich zu mir. Er hatte langes blondes Haar und kristalline blaue Augen. Er schenkte mir Gänseblümchen und meinte: *„Du bist so schön wie Flieder. Viel lieber hätte ich dir Flieder statt Gänseblümchen geschenkt, aber Gänseblümchen sind auch hübsch. Auch wenn sie nicht so schön sind wie Flieder, darf man sie nicht unterschätzen.“*

Er strahlte und es wirkte, als hätte er die Worte auswendig gelernt. Für mich. Wie schmeichelhaft.

Wir waren im Urlaub an der Ostsee und ich traf ihn täglich am Strand. Er spielte Fußball mit seinem Bruder und blickte immer wieder rüber zu mir. Seine Haare hatte er zu einem Zopf gebunden. *Lauf, sportlicher Junge,* dachte ich immer.

Am Tag seiner Abreise küssten wir uns. Seine Lippen schmeckten salzig. Seitdem liebe ich salziges Popcorn und seither habe ich nicht mehr so gefühlt, wie ich einst fühlte.

Ob Papas und Mamas erster Kuss ähnlich fantastisch war wie meiner? Ich denke nicht. Wäre er es gewesen, sie würden sich freudig daran zurückerinnern. Es wäre ein Anker. Ein *ich weiß, was ich an dir habe.*

Mein Handy klingelt und ich gehe ran.

„Hey, Ina, was geht ab? Wo bist du?"

Es ist Ani. Ich liebe ihre Art zu sprechen. Sie klingt robust und jedes Mal, wenn wir zusammen unterwegs sind, fühle ich mich an ihrer Seite sicher. Es ist, als könnte sie jede Gefahr von mir abwenden: *Finger weg von meiner Perle, sonst ...*

„Auf dem Weg nach Berlin."

„Allein? Was machst du da?"

„Ich treffe mich mit Frau Leonie. Mathea kam neulich zu mir ins Zimmer und meinte, Papa hätte gesagt, dass er mich lieben würde. Das hat mir die Angst genommen."

Angst, der Klotz am Bein gewesen zu sein, der Unglücksfaktor des miesen Lebens.

„Deine Schwester ist echt der Wahnsinn. Sie ist ein kleines Genie."

„Wie meinst du das?"

„Sie hat mit ihren elf Jahren nicht nur gespürt, dass du sie gebraucht hast, sie hat auch noch genau das gesagt, was du gebraucht hast. Wie viel Reife wohl in ihrem Kinderkopf steckt?"

„Sie ist außergewöhnlich. Das ist mir vorher nie aufgefallen."

„Natürlich nicht, weil du stets mit dir selbst beschäftigt warst. Du bist meine Freundin und ich liebe dich, weil du ein gutes Herz hast, aber deine Scheuklappen sind nervig hoch zwei. Nicht immer ist die ganze Welt gegen einen, Ina."

„Hm."

„Hm, was?"

„Du bist eine gute Freundin, Ani."

„Und du bist eine scheiß Freundin!"

„Warum? Weil ich dir nichts von dem Trip nach Berlin erzählt habe?"

„Man, ich wollte mit dir zur Kunstausstellung. Wir haben doch Karten gekauft. Schau mal in deine Jackeninnentasche."

Ich öffne den Reißverschluss, greife in meine Innentasche und halte eine Karte zwischen den Fingern.

„Fuck!"

„Hat's *klick* gemacht?" Ani klingt gar nicht mehr robust, eher verletzlich. Sie sagte neulich, wir würden alle eine Rolle spielen. Lautet ihre Rolle *ich zeige mich stark, weil du zerbrechlich bist*? Ich erlebe sie gerade in einem schwachen Moment. Bisher war es so, als würde mir Ani stets ihren geistigen Bizeps zeigen – *schau her, mich haut nichts um*. Eines Tages werden wir aber alle umgehauen. Niemand ist unverwundbar.

„Es tut mir leid, ich hab's verbockt", sage ich und sie lacht.

„Mach dir mal keine Platte, nun ist's passiert. Davon geht die Welt nicht unter."

Ein Satz wie ein Wischer. *Davon geht die Welt nicht unter* – wovon geht sie denn unter? Meine Welt fühlt sich so an, als sei sie längst untergegangen. *Warum lebe ich dann noch?* Ich belüge mich, denn sonst würde ich nicht nach Berlin tuckern.

„Mein Vater hätte mir für meine Kopflosigkeit die Hölle heiß gemacht."

„Ich hatte immer das Gefühl, dass ihr so etwas wie beste Freunde wart. Du hast über ihn geschimpft und dabei gelächelt."

„Hm, meinst du? Mir ist vorher nie in den Sinn gekommen, dass es so war. Wenn du nur in meinen Kopf schauen könntest, ich müsste dir nichts erklären. Es ist, als würde ich nach etwas suchen, das ich nicht vermisse oder von dem ich nicht weiß, dass es existiert. Seit er nicht mehr da ist, muss ich mich neu definieren: Ich war seine Tochter und wer bin ich jetzt?"

„Du vermisst ihn. Hast du es schon einmal ausgesprochen? Schrei es raus. Ich habe gelesen, dass man so Blockaden öffnet."

„Er war ein Scheißkerl. Ich bin froh, dass er nicht mehr da ist."

82

„Wenn du meinst. Hör zu, ich muss auflegen, Ina. Viel Spaß in Berlin. Eine Sache noch."

„Was ist?"

„Hör auf, uns zu belügen."

15

Wir waren im Kino. Der Film lief. Er handelte von riesigen fleisch-
fressenden Pflanzen im Dschungel. Ich weiß nicht mehr, wie er ausgegangen ist. Er war mir nicht wichtig, denn ich saß neben dir und du
warst mir mitten in der Dunkelheit die eigentliche Attraktion. Jede Berührung von dir war wie ein Feuerwerk. Es kribbelte in meiner Brust
und ich liebte das Kitzeln deines Atems in meinem Ohr. Es war, als
lüftete sich ein Geheimnis und ich war die einzige Zeugin des Unaus-
sprechlichen. Du warst das Licht in der Dunkelheit und ein *fühlst du
dich gut* war ein Präsent, denn die Frage galt nur mir. Nur ich durfte
deiner Stimme in diesem gefüllten Saal lauschen. Es war ein Geschenk
von dir für mich. Wir saßen, doch mir war nach tanzen zumute. Wir
saßen, dabei wollte ich springen und jubeln und Luftschlangen verteilen
und … Du warst ein Fest für mich und auf einem Fest muss gefeiert
werden, nicht wahr, Georg?

Nach dem Film spazierten wir unter einem bewölkten Nachthimmel
und wir lachten über den Film, von dem ich nicht mehr wusste, wie er
ausgegangen war, und du sagtest, es sei so schön, mich lachen zu hören. Es liege etwas Lebensbejahendes in meiner Stimme und mir wurde
warm bei deinen Worten – gleich neben dem Kribbeln in meiner Brust.

Du hast dich aufgeführt wie ein Clown und hast Geschichten erzählt,
von denen du hinterher sagtest, sie seien dir nicht wirklich passiert. Allerdings berge jede gute Geschichte einen Funken Wahrheit in sich. Ich
frage mich, wie dein Leben vor mir ausgesehen hat. Warst du schon
immer ein Spaßvogel oder bist du einer geworden, um deinem Leid zu
entfliehen? Du hast von deiner Vergangenheit nur das Nötigste preisge-
geben: *Meine Eltern möchte ich vergessen. Alte Geschichten rollt man
nicht neu auf. Es hat mir zu viele Mühen gekostet, ein gesunder Mann
zu werden, als dass ich jetzt wieder in alten Zeiten herumtrollen möch-*

te. Ich glaube nämlich, dass alte Wunden schnell wieder aufreißen können.

Auf den alten Fotos hast du gelächelt, also muss es ein *Ich-Täusche-Euch-Lächeln* gewesen sein. Wie furchterregend muss deine Kindheit und Jugend gewesen sein, dass du damals schon gelernt hast, dich zu verstellen?

An jenem Abend bist auf kniehohe Mauern gesprungen und hast gesungen, deinen rechten Arm an die Brust gehalten, die linke gen Himmel gereckt und gedichtet und ich habe gelacht.

Ich bin ein Komponist / ich erzähl keinen Mist.

Ich lachte, denn du wolltest lustig sein, ohne es zu sein. Es war eine Mischung aus improvisiertem Schwachsinn und humorvollem Kalkül. Deine Rolle als Hofnarr stand dir gut. Es hat nur noch ein bunter Glöckchenhut gefehlt. Warum konnte es nicht mehr so werden, wie es einst war? Du hast mir ein lustiges Leben gezeigt, um es mir dann wieder fortzureißen. Warst du von mir gelangweilt? War dir das Familienleben zu lästig?

Du Blender, du Mistkerl, ein Leben voller Spaß hast du mir vorgeheuchelt und bist dann am Frühstückstisch vor unseren Kindern einfach gestorben. War das ein versteckter Code? Wolltest du sagen, *ihr seid mein Tod*? Du hast versprochen, der alte Georg zu werden – der aus unserer Nacht nach dem Kinobesuch – tanzend, singend, dichtend. Du hattest nie vor, dich zu ändern, oder? Eher bist du gestorben und hast uns allein gelassen. Zu mühselig erschien es dir, glücklich mit uns zu werden.

Nach dem Spaziergang gingen wir in mein WG-Zimmer und lagen kurz darauf nackt in meinem Bett, etwas außer Puste, und wir haben gelacht, weil wir glücklich waren. Ich war Dein und du warst Mein und du hast gesagt: *Lass mich dein Mann sein. Nicht für heute Nacht und auch nicht nur für kurz. Lass mich dich begleiten, wenn es dir gut geht, und lass mich dich begleiten, wenn es dir schlecht geht. Und jedes Mal, wenn dir nach weinen zumute ist, komme ich um die Ecke gesprungen und heitere dich auf: Mal mit einer Grimasse, mal mit einem Lied, aber ich hörte, eine Umarmung sei die erfolgversprechendste Strategie. A- melie, wir kennen uns kaum, aber ich möchte dich für immer an meiner Seite wissen und ich würde mich freuen, solltest du genauso empfinden wie ich.*

Es waren andere Worte, doch mit den Jahren habe ich sie romanti- siert, womöglich, um vor dem Grauen nicht davonzulaufen. Um keine Scheidungskinder großzuziehen. Um in der Ehe nicht versagt zu haben, um …

Das Gelächter verstummte, der Komponist legte seine Arbeit nieder und dem Dichter gingen die Reime aus, und ich bin geblieben. Ich hätte weglaufen und mir das Leben nehmen müssen, das du mir versprochen hast. Wer wünscht sich schon ein Leben ohne Freude? Ist es ein Ver- brechen, sich das Leben glücklich zu gestalten? Ich machte es mir trost- los, weil ich an eine bessere Zukunft glauben wollte.

Ich gehe jetzt schlafen. Wir sprechen uns morgen, denn ich bin noch lange nicht fertig mit dir.

16

Es ist wieder Montag. Schulschluss. Ich denke an meinen Berlin-Trip. Leonies Geschichte war wie ein Spaziergang ins Nichts – *was nicht geschehen ist, kann nicht erzählt werden,* doch es war mir so, als hätte sie einen Lügenkoffer ausgepackt und sich von ihm bedient. Hinter dem Nichts verbirgt sich ein Abenteuer, das ich erzählt bekommen möchte, denn in Wahrheit bin ich eine Privatdetektivin auf geheimer Mission. Wie gern hätte ich gehört, dass sie sich geliebt haben. Es würde bedeuten, dass Partnerschaften nicht zwangsläufig so aussehen, wie die meiner Eltern ausgesehen hat. Ich finde, eine Liebesbeziehung sollte nicht nur nach einer aussehen, sie sollte auch nach einer klingen, und umgekehrt sollte sie nicht nur nach einer klingen, sondern auch nach einer aussehen: Liebe ist = 3 + 4 und 4 + 3.

Wenn die Ehe meiner Eltern Liebe gewesen sein soll, soll mir die Liebe fernbleiben. Dann bleibe ich doch lieber bei mir selbst. Das ist schon kompliziert genug.

Ich schwinge mich aufs Fahrrad und möchte zu Ani, ihr von meinem Trip nach Berlin erzählen, mich beklagen, echauffieren, denn möglicherweise wurde ich belogen. *Die Wahrheit wurde in einen Leinensack gesteckt und dann in einen See geworfen, Ani. Es war auffällig unauffällig,* werde ich sagen und wir werden die Begegnung analysieren. *Ich sage dir, sie verheimlicht mir nicht nur ein wenig, sondern sehr viel. Du hättest ihren stets zur Seite gerichteten Blick sehen müssen. Warum schaute sie mir nicht in die Augen? Da ist doch etwas faul und ihr Haareraufen, als sie meinte, sie seien nur gute Freunde gewesen oder die Träne, die sie sich wegwischte, als ich sie fragte, ob er sie geliebt hätte. Das sind keine Indizien, das sind mir Beweise genug, um zu sagen: Da lief etwas. Das reicht mir für eine Verurteilung.*

Das werde ich sagen und dabei wild im Zimmer gestikulieren und meine Kreise drehen, weil ich mich in Rage reden werde.

Ich verlasse das Schulgelände und steige auf mein Fahrrad, da stellen mich drei Mädchen. Sie blockieren mir den Weg und lächeln. Zwei von ihnen kenne ich aus der Toilettenprügelei, die dritte, ein großes stabil gebautes Mädchen, wurde rekrutiert.

„Wo willst du hin?", fragt mich die Große und ich blicke hoch.

„Lasst mich durch", flüstere ich, doch sie grinsen nur, kommen auf mich zu und schubsen mich vom Fahrrad. Ich falle, schramme mir meine rechte Hand auf und triumphierendes Gelächter ertönt laut. Es breitet sich wie eine Welle aus und das Epizentrum steht vor mir. In der Überzahl ist man stark, doch es kümmert mich nicht, denn Onkel Niko erzählte, Papa hat es auch mit Dreien gleichzeitig aufgenommen. Sie bespucken mich.

„Jetzt zahlen wir es dir heim, Schlampe."

Ich stehe auf und schlage auf die Große ein. Papas rechte Faust sei gefürchtet gewesen und ich werde ihm in nichts nachstehen. Ich brauche keine Ani, *Perle* war einmal und ich erwische sie mit dem dritten Schlag am Kinn. Ich bin Holzfällerin, meine Faust ist die Axt und das große Mädchen ist eine Eiche. Nach getaner Arbeit fällt sie steif zu Boden und schlägt sich den Kopf am Bordstein auf. Es fließt Blut. Drei Menschen sind schockiert und einer ist bewusstlos. Eine Sekunde, zwei Sekunden, drei Sekunden. Ich ziehe meine Jacke aus, dann meinen Pullover und drücke den Pullover an die Wunde. *Rot, rot, rot / Rot wird mein weißer Pulli sein.*

„Los, ruft den Notarzt", schreie ich.

Zehn Minuten später rast der Krankenwagen an. Herr Wiswedel, mein Philosophielehrer, kommt aus dem Schulgebäude geeilt. Ausgerechnet der skeptische Herr Wiswedel. Er wird uns löchern, den Vorfall protokollieren, die Aussagen hinterfragen. *Die Wahrheit ist eine Geschichte, die man hinterfragen sollte*, sagte er letzte Woche in der Philosophiestunde. Mittlerweile ist das Mädchen mit den schwarzen Haaren wieder bei Bewusstsein. Sie weiß, wie sie heißt, wo sie wohnt und wie alt sie ist.

„Es sieht schlimmer aus, als es ist, aber wir nehmen sie vorsichtshalber mit", sagt der Notarzt und sie wird in den Krankentransporter geladen.

„Was ist passiert?", möchte Herr Wiswedel wissen und als ich Luft hole, spricht eine ihrer Freundinnen.

„Sie ist gestolpert und auf den Kopf gefallen. Ina hat sofort reagiert, als wir noch unter Schock standen."

„Ist das wahr, Ina?"

Er richtet seine Brille, wie er es immer tut, wenn er eine Geschichte hört. Dieses Mal verschränkt er zusätzlich die Arme und spitzt seine schmalen Lippen. Das muss ein *Skepsis-Level-Up* sein, ein *ich durchschaue euch*.

Ich bin voller Blut. Meine Hände zittern und ich weine. Die Tränen sind mir nicht aufgefallen. Die zittrigen Hände fühlen sich ruhig an. *Das Blut ist doch nur Rote-Beete-Saft.* Schön wäre es.

„Ich …", fange ich an, doch dann werde ich von dem anderen Mädchen unterbrochen.

„Lassen Sie Ina in Ruhe, sehen Sie nicht, dass sie noch unter Schock steht?"

Ich werde umarmt. Mir ist schwindelig. Ich höre ein sanftes Säuseln und blicke hoch zu den Wolken und erkenne eine tanzende Ballerina. Der Himmel ist eine Spieluhr.

Schaust du zu, Papa? Deine Tochter wäre beinahe zur Mörderin geworden. Bist du ein Mörder gewesen? Hast du jemandem versehentlich das Hirn herausgeprügelt?

Hinter Herr Wiswedel nähert sich Alex. Er wirkt, als wäre er eingeschüchtert oder als hätte er Mitleid. Das ist schwer zu sagen, wenn man nicht in den Kopf eines anderen blicken kann. Jetzt, wo ich ihn sehe, fällt mir auf, dass er mir in letzter Zeit nicht aufgefallen ist. Dabei ist er seit Papas Tod so lieb zu mir. *Wie geht es dir, Ina,* und ich kann gerade nicht sagen, ob er mich das nicht sogar täglich fragt und ich kann auch nicht sagen, ob ich ihm nicht täglich darauf antworte. Könnte ich einen Freund verloren haben, ohne ihn vorher gewonnen zu haben?

„Es tut uns leid, Ina. Danke, dass du so schnell reagiert hast", flüstert mir das eine Mädchen ins Ohr.

„Wir sprechen uns morgen, Ina. Fahr jetzt nach Hause." Herr Wiswedel klingt streng, aber es ist mir egal. Alex ist mir nicht egal. Ich kann ihm nicht in die Augen schauen, dabei würde ich ihm gern auf die bereits vermutlich vor Tagen gestellte Frage antworten: *„Mir geht es nicht gut. Möchtest du mit mir befreundet sein?"*

Stattdessen antworte ich Herrn Wiswedel: „Ich bin Ersthelferin und dieses Mädchen ist meine Anwältin."

Ich wische mir die Tränen vom Gesicht, steige aufs Fahrrad und fahre zu Ani.

Menschen, die sich prügeln, sind leichtsinnige Idioten. *Zum Glück ist noch alles gut gegangen.*

17

Die Abende werden kühler und der Wind rauer. Ich verbringe meine Tage somit zu Hause, statt mir den Wind um die Ohren pfeifen zu lassen. Die frische Luft ist mir zu frisch geworden. Wenn ich nicht allein sein möchte, melde ich mich bei Ani und verbringe meine Zeit nach einer kleinen Fahrradtour bei ihr in ihrem Zimmer. Gelegentlich peitscht mir auf dem Weg dorthin der stürmische Regen ins Gesicht – er ist wie ein Wegezoll, ein Preis für die Geborgenheit, die ich entgegennehme.

Wir reden nicht viel. Ich liege hauptsächlich in ihrem Bett und starre Löcher in die Luft. Ani hat neuerdings stets ein Buch in der einen Hand und ein Sandwich in der anderen. Manchmal liest sie mir Textzeilen vor und freut sich dabei. *„Das ist genial"*, sagt sie dann immer und ich lächle nur.

Jetzt bin ich mit Mama in der Küche. Sie sitzt an der türkis gestrichenen Wand und ich auf Papas Platz gegenüber. Wir trinken einen Tee und schweigen. Auf ein Pusten folgt ein Schlürfen und meine Mutter macht es mir gleich. Die Gewohnheiten nehmen an unserem Alltag wieder teil. Tee zu den Abendstunden ist ein gängiges Ritual gewesen. Auch damals haben wir kaum gesprochen. Manchmal denke ich an andere Familien und stelle mir vor, wie sie lachen und streiten. Wie sie reden und die Musik laut aufdrehen, weil sie Musikbegeisterte sind. Wie sie nicht so still dasitzen, wie wir es schon immer tun. Dennoch schmunzle ich etwas, weil ich mich an den miserablen *Beatbox-Papa* erinnere, der den Bass zu unserem Schlürfen gespielt hat. Meine Mutter bemerkt mich und fragt: „Worüber freust du dich?"

„Ich erinnere mich an *Beatbox-Papa*, der Musik zu unserem Schlürfen gemacht hat", antworte ich und Mama lacht.

„Eigentlich ist es gar nicht so lang her. Kann es sein, dass er mir vor seinem Tod kaum aufgefallen ist? Jetzt, wo er nicht mehr da ist, erinnere ich mich an seine Blödeleien."

„Dein Vater hatte Spaß am Leben, aber dann, ich weiß nicht wann, hat er aufgehört, es zu lieben. Wenn ich früher niedergeschlagen war, setzte er alles daran, mich zum Lachen zu bringen. Er hüpfte und tanzte und sang und ich kriegte mich nicht ein vor Lachen. Das war eine schöne Zeit."

„Schade."

„Was genau?"

„Papa ist mir traurig in Erinnerung geblieben. Sein Kopf war stets gesenkt und die Schultern hingen herunter. Mama, ich habe dich nie dabei beobachtet, ihn aufzumuntern."

In diesem Augenblick kommt Mathea mit einem Schachbrett unter dem Arm geklemmt und einer Schatulle in den Händen in die Küche.

„Ich möchte jetzt Schach spielen", sagt sie, stellt die Schatulle und das Brett auf den Tisch und fängt an, die Figuren aus der Schatulle auf das Brett zu stellen.

„Du kannst Schach spielen?", frage ich.

„Papa hat es mich gelehrt. Ich bin Weiß und du bist Schwarz, und sag nicht, du könntest kein Schach spielen. Papa hat es dir auch beigebracht."

Papa war ein guter Lehrer. Er liebte Schach und ich bin in seine Fußstapfen getreten. Ich spielte es auf meinem Handy, nicht täglich, aber mehrmals in der Woche. Ich traf auf Gegner aus aller Welt. Heute ist die Welt bei uns in der Küche zu Gast und ich reagiere auf Bauer e4. Seit seinem Tod ist mir die Lust auf Schach vergangen. Eines Tages wollte ich aus meinem Zimmer kommen, ihn herausfordern und gewinnen. Mein Kontrahent ist von uns gegangen, doch er hat mir einen Gegner hinterlassen, gegen den ich nicht verlieren möchte. Ein kleines Mädchen fordert mich heraus und es fühlt sich an, als würde ich gegen

Papa spielen – mit nur einer Ausnahme: „Schachmatt", sage ich und Mathea lächelt.

„Warum lächelst du?", frage ich.

„War es schön, gegen jemanden gespielt zu haben, der dich gewinnen ließ?"

„Wir tauschen und dieses Mal gibst du alles."

Wir spielen noch ein Spiel und wieder stehe ich als Gewinnerin fest.

„Danke, Ina."

„Du warst im zweiten Spiel schlechter", werfe ich ihr vor.

„Ich habe dich im ersten Spiel nicht gewinnen lassen. Ich wollte nur nicht, dass es so schnell endet. Papa fehlt mir. Er hat immer Grimassen gezogen, wenn wir gespielt haben, und ich habe gelacht. Papa war überhaupt nicht so trostlos, wie ihr ihn in Erinnerung haltet. Ich habe euch belauscht, bevor ich zu euch gekommen bin. Hört bitte auf, so schlecht über ihn zu sprechen. Er hat uns alle geliebt. Einmal sagte er zu mir, dass Mama seine Traumfrau sei."

Mama weint und Mathea tröstet sie. Ich lasse Mama in ihrem Schmerz allein und trinke meinen Tee aus. Mathea wäscht seinen Namen rein. Ein elfjähriges Mädchen spielt groß auf. Wie viel näher war sie ihm, dass sie ihn vor unseren Worten in Schutz nimmt? Wann ist es passiert, dass sie ihm so nahe gekommen ist? Wo war ich, als er ihr Schach lehrte? Ich wünschte, ich wäre es, die schöne Geschichten über ihn erzählen könnte, aber scheinbar wollte ich auf mich allein gestellt sein, denn wollte ich es nicht, gäbe es jetzt zwei Töchter, die mit Wärme in ihren Stimmen über ihn sprechen würden.

Leonies Geschichten waren verhalten, doch auch sie sprach mit einer Zärtlichkeit in der Stimme, die mich dazu veranlasst, zu glauben, belogen worden zu sein. Das würde bedeuten, Mama wäre nicht seine Traumfrau gewesen und sie würde jetzt nicht weinen und Mathea müsste sie nicht trösten.

Warst du ein Schwindler, Papa? Mama beruhigt sich und blickt mich mit roten Augen an.

„Was ist mit dem Schulunfall? Hast du es auf sich beruhen lassen oder hast du deinem Lehrer noch die Wahrheit über den Vorfall erzählt?"

„Ich habe es auf sich beruhen lassen. Alles andere würde mir nur Ärger bereiten – die Mädchen anschwärzen, mich anschwärzen, das brauche ich jetzt nicht. Sie haben um Entschuldigung gebeten, ich habe um Entschuldigung gebeten, also ist alles cool."

„Ich finde, du machst es dir etwas zu leicht."

„Mag sein, aber leicht kommt mir gerade sehr gelegen. Mir geht es gut, dem Mädchen geht es gut, alles ist gut", sage ich zwar, doch nichts ist gut. Ich hätte beinahe jemanden totgeschlagen.

18

Es berühren mich die falschen warmen Finger. Ich küsse die falschen weichen Lippen. Noch nie hat sich Sex so unpersönlich angefühlt wie heute. Ich liebe dich, Amelie, aber du fühlst dich nicht wie die Frau an, die ich vor etlichen Jahren geheiratet habe.

Du bist nicht die Frau, die ich in ihrem weißen Hochzeitskleid mit langer Schleppe entgegengenommen habe. Und ich bin nicht mehr der Mann, dem du im Gotteshaus das Ja-Wort gegeben hast. Wir wollten am Tag unseres Liebeszeugnisses keine Gäste um uns haben. Es waren nur Niko, die Braut, der Pfarrer und der Bräutigam anwesend. Zwei dieser Menschen sind schon vor langer Zeit gestorben. Ich verrate dir ein Geheimnis, diese Opfer sind wir gewesen, Amelie, und unsere Mörder sind wir auch. Wir haben uns in unserer Lieblosigkeit erdrosselt. Zeitpunkt des Todes: Unbekannt.

Du bist mir eine vertraute Fremde geworden. Vielleicht, weil ich gestern in dein Handy geschaut und Toms Nachrichten gelesen habe. Du hast von ihm erzählt, weißt du noch? Ein Arbeitskollege sei er. Sympathisch und lustig und weibliche Attitüden hätte er. Daraufhin hättest du ihn nach seiner sexuellen Ausrichtung gefragt und er sagte, er sei homosexuell. Und ich? Ich machte mir keine Sorgen, aber ganz so hat es nicht gestimmt, denn gestern habe ich mir dein Handy geschnappt und was ich gelesen habe, klang alles andere als homosexuell: *Wie schön du klingst, wenn du lachst* oder *in einem Universum, das sich jenseits und unendlich weit von unserem jetzigen befindet, da existieren wir noch einmal und dort gibt es uns nur im Doppelpack und wir lieben uns dort, wie wir es hier nicht dürfen.* Du hast ihm den Laufpass gegeben. Du meintest, ich sei der Mann für den Rest deines Lebens und es schmeichelte mir. Es war wie ein langer und schwereloser Spaziergang am Meer. Dieses Gefühl war ein schönes, aber kurzes Vergnügen, denn einige Sätze später hast du die Romantik von zuvor erschlagen und im Wald verscharrt. Du bist eine Mörderin, Amelie. Den letzten Rest von uns hast du gestern genommen und begraben.

Du meintest in deinen Nachrichten, stünden unsere Kinder nicht in unserer Mitte, so wäre ich nicht nur nicht der Mann deines Lebens, du wärst längst eine freie Frau und würdest ein neues und unabhängiges Leben führen. Das Leben mit mir sei dir wie ein Gefängnis und unsere Kinder seien die Fußfesseln, die dich am Weglaufen hindern würden. Ich hatte ein Bild vor Augen: Du sitzt im Auto, schaust in den Rückspiegel und ich winke dir hinterher. Da ich aber die Kinder an den Händen halte, fährst du nicht los. Es fühlte sich an wie *ich bin zwar noch da, aber es ist nur eine Frage der Zeit, bis ich fahre.* Letztlich liebst du mich doch nicht. Warum haben wir gerade Sex? Weil du an Tom denkst oder weil ich an Leonie denke? Ich muss dir nämlich etwas beichten. Neulich habe ich eine Frau kennengelernt. Sie war Rednerin auf der Tagung und sie war ein Sonnenschein. Du hättest sie erleben müssen. Sie hat gelächelt und es war, als hätte mich ihr Lächeln von innen gewärmt. Erinnerst du dich, wie du früher gelächelt hast? Sie glich dir. Nun ist dein Lächeln ausgedörrt. Haben wir uns an deiner Sonne verbrannt? Sind wir vertrocknet, weil wir einander nicht gewachsen waren? Am Abend bin ich ihr in der Bar begegnet und sie ist zu mir gekommen.

„Unsere Wege haben sich schon einmal gekreuzt", sagte sie, doch ich hätte es gewusst, wäre ich ihr auch nur einmal in meinem Leben über den Weg gelaufen. Daher antwortete ich: „Sie müssen sich irren."

„Wir kennen uns, ganz bestimmt."

„Wie Sie meinen, ich kann mich jedoch nicht an Sie erinnern."

„Unsere Seelen sind sich schon mal begegnet."

Eine Verrückte, wie schade, dachte ich zuerst, doch dann fragte ich mich, wieso ich es schade gefunden habe.

„Vielleicht", sagte ich und bin gegangen.

Ich liebe dich, Amelie, aber ich liebe dich auch nicht. Vielleicht liegt es daran, weil du zu einem Teil von mir geworden bist, und entferne ich dich aus meinem Leben, wäre es so, als würde ich mich selbst aus mir herausschneiden. Es gibt aber eine Frau, bei der ich weiß, dass ich nichts anderes als hingebungsvolle Leidenschaft empfinde. Noch ist sie kein Teil von mir geworden, doch sehne ich mich danach, es zu gegebener Zeit zu ändern. Wie wird es sich anfühlen, Amelie, dich aus mir herauszuschneiden? Und fügt sich mein neuer Sonnenschein in die Kerbe, die du hinterlassen wirst? Was ist, wenn sie nicht zu mir passt und ich auch sie eines Tages herausschneiden muss? Und wenn ich sie entfernt habe, was passiert dann mit mir? Ich fürchte mich vor der Veränderung, vor dem neuen Leben, das ich mir ausmale, aber ich liebe sie, sodass mir nichts anderes übrig bleiben wird, als dich zu hintergehen und diesen Schritt zu wagen. Ich finde, sie sollte ich jetzt spüren und nicht dich. Aber das Leben ist das Leben und ich habe mit dir meinen Spaß, ohne mit dir Spaß zu haben. Nein, was denke ich? Schämen sollte ich mich, denn keine andere Haut würde sich so geschmeidig anfühlen wie deine. Ich bin mir sicher, dass sich diese Frau nicht nur fremd anfühlen würde: Sie würde einen anderen Duft tragen, sie würde vielleicht zu laut oder zu leise stöhnen, sie wäre vielleicht zu wild oder zu zaghaft. Bist du meine Liebe oder meine Gewohnheit, Amelie? Schwer zu sagen, findest du nicht auch?

Dein Gegenstück, der neue Sonnenschein, hat krauses Haar und braune Augen, doch genauso gut hätte sie blond und zierlich sein können.

„Ich habe Sie vom Rednerpult aus erkannt", sagte sie.

Ich war ein wenig genervt, doch bisher hat sich niemand die Mühe gemacht, mich kennenlernen zu wollen, also war ich auch gleichzeitig entzückt.

„Ihre Seele hat mich erkannt", merkte ich süffisant an, was mir gleich leidtat, doch sie verstand es nicht herablassend.

Ihre Augen leuchteten wie brauner Achat, ihr Lächeln vergrößerte sich und sie schrie kurz auf: „Richtig, mir wurde warm. Von innen heraus, wissen Sie? Da wusste ich es, wir kennen uns. Nicht aus diesem Leben, aber aus einem früheren."

Frühere Leben haben keinen Platz in meinem jetzigen, dachte ich.

Amelie, wenn das ein Erkennungsmerkmal sein soll, so kennen sich unsere Seelen ebenso aus früheren Leben, denn diese Wärme war zwischen uns um ein Vielfaches stärker. Der Unterschied liegt wohl in der Austrocknung unserer Liebeszeit. Wir sollten uns bewässern und vielleicht erblühen die Blumen und Sträucher neu und wir finden uns auf einer herrlich bunten Blumenwiese wieder. Ich muss die Frau mit den krausen Haaren vergessen. Vergessen muss ich sie. Auch wenn ich sie liebe, so wünsche ich mir nichts anderes, als dich zu lieben.

Zwei Orgasmen. Zuerst du, weil du vielleicht an Tom gedacht hast und dann ich, weil ich an Leonie gedacht habe.

Zu vergessen, scheint kein einfaches Unterfangen zu sein.

Ein Gespräch 2

Inas Klassenkameraden Peter und Alex hatten gerade Fußballtraining. Beide sind sie weder groß noch klein und weder schön noch unangenehm anzusehen. Während Peter in Inas Leben eine unbedeutende Rolle spielt, stellt sich Alex in letzter Zeit immer häufiger in den Vordergrund. Ina bemerkt ihn, sieht ihn an und manches Mal grüßt sie ihn. Und er? Er denkt an sie. Morgens, wenn er sich für die Schule aufmacht. Abends, wenn er die Augen schließt. Alex hat kein Mitleid mit Ina. Der Tod ihres Vaters kümmert ihn nicht. Nicht erst seit Georgs Tod beobachtet er sie und nicht erst seit seinem Tod ist er freundlich zu ihr. Ina ist eine Kämpferin und für eine Kämpfernatur bedeutet, bemitleidet zu werden, beleidigt zu werden. Zumindest ist Alex dieser Überzeugung.

Nach dem Fußballtraining sitzen Peter und Alex in der Kabine. Frisch geduscht. Die Handtücher um die Hüften gebunden. Der Wasserdampf der anliegenden Duschen hat sich in der ganzen Kabine ausgebreitet. Feiner Dampf kühlt sich an der Decke ab. Feiner Dampf wird perlig und tropft von der Decke. Es wirkt so, als würde es regnen, als würden sich Regenwolken aus Holzvertäfelung entleeren. Peter und Alex sind die letzten in der Fußballkabine und Peter fragt:

„Hast du das von der schrägen Ina mitbekommen?"

„Dass ihr Vater gestorben ist?"

„Nein, das wissen wir doch schon."

„Dann keinen Schimmer."

Alex kümmert sich nicht um die Worte anderer. Sie sind ihm gleichgültig. Es ist, als wären sie Wasserdampf und er die Holzvertäfelung – sie perlen an ihm ab. Er greift unter die Sitzbank in seine Sporttasche, holt eine Wasserflasche hervor, öffnet sie, trinkt und Peter erzählt weiter.

„Sie soll bei der Beerdigung nicht geweint haben. Linda, Inga und Henrike waren dort und hätten sie beobachtet. Nicht eine Träne hätte sie vergossen."

Alex lächelt, denn er glaubt, Ina, die Kämpfernatur, lässt sich nicht in die Karten blicken. Dann beißt er sich leicht auf die Zunge, denn zu urteilen, wollte er sich abgewöhnen. Er weiß nichts von ihren Gedanken und Emotionen, nichts von ihren Verhaltensweisen und Absichten.

„Dann hat sie eben nicht geweint. Ja, und?"

„Wie eiskalt muss ein Mensch sein, dass er nicht um seinen eigenen Vater weint."

Alex blickt hoch zu den herabfallenden Wassertropfen. *Wie wunderschön Naturwissenschaft ist. Wart ihr kurz zuvor noch warm, so tropft ihr nun kalt herunter. Wart ihr kurz zuvor noch wohlich vergnüglich, so seid ihr nun lästig ungemütlich.*

„Vielleicht war er ein Arschloch. Ich kenne ihn nicht."

„Linda und Inga waren für Projektarbeiten bei Ina und sie meinten, ihr Vater sei witzig und sympathisch gewesen."

„Vielleicht war er nur zu Fremden so, um seine wahre Natur zu verbergen. Vielleicht war er bösartig. Wir beide werden es wohl nie erfahren. Genau genommen, weiß es nicht einmal Ina. Keiner von uns hat in ihm gesteckt, Peter. Und wir sind nicht Teil der Familie."

Peter senkt seinen Kopf. Es liegt eine nachdenkliche Stille in der Luft und irgendwann sagt er: „Kann es sein, dass dir Ina gefällt?"

Ist mein Verhalten ein Spiegelbild meiner Sympathie?, denkt sich Alex, aber antwortet stattdessen: „Sie ist bildhübsch. Ist dir das nicht aufgefallen?"

„Bildhübsch und schräg. Man erzählt sich, sie würde Selbstgespräche führen."

„Schräg ist doch super. Langeweile kann ich haben, wenn ich alt bin."

„Du gibst dich tugendhaft, dabei hast du nur eins im Sinn! Ich habe dich durchschaut."

102

Peter lacht und klopft sich mit beiden Händen auf die nackten Schenkel.

„Hör zu, Peter, ich habe nicht mit ihrem Vater zusammengelebt. Es steht mir nicht zu, mir ein Urteil zu erlauben. Ina ist ein Mensch wie du und ich, und sie hat dieselben Rechte wie wir. Dir würde es auch nicht gefallen, wenn die Leute hinter deinem Rücken zusammenhanglose Behauptungen verbreiten würden."

Peter wischt sich die Lachtränen von den Augen und lächelt. Von der Decke tropft es weiterhin kühl herunter, doch der Wasserdampf hat sich bald verflüchtigt.

„Du wirst dich wundern, ich habe Beweise für ihr eiskaltes Herz. Sie kritzelt doch im Unterricht in solch ein Büchlein. Ich habe es in der Pause aus ihrer Tasche gezogen und einen Blick hineingeworfen. Ich zitiere: *Wie schön es ist, keinen ungeliebten Vater in meinem Leben zu wissen. Der Sensenmann hat ihn mir glücklicherweise hinfortgerissen.* Überaus literarisch, aber auch überaus böse. Findest du nicht auch?"

Alex ist nun keine Deckenvertäfelung mehr und die Worte dringen in ihn ein. Er versucht, seine Aufgewühltheit zwar zu verbergen, doch die Anstrengungen sind in seinem Gesicht deutlich zu erkennen. Sie zeigen sich in Form von zugespitzten Augenbrauen und knirschenden Zähnen: „Du hast in Inas Tasche gewühlt und einen Blick in ihre geheimsten Gedanken geworfen? Du widerst mich an!"

Alex steht auf, trocknet sich zügig ab, zieht sich an und spricht keinen Ton mehr mit Peter. Kurz bevor er geht, sagt er sehr unaufgeregt, während er hoch zur Deckenvertäfelung schaut: „Ich bin seit Jahren in Ina verliebt. Ich spreche oft mit ihr und sie ist ein toller Mensch. Es scheint, als seist du der Idiot, der Widerling, der Schräge und Unausstehliche! Aber vielleicht irre ich mich. So, wie du dich irrst! Tut mir leid, wenn ich deine Gefühle verletzt haben sollte."

20

„Ich muss noch einmal nach Berlin."

Ich liege neben Anis Bett auf dem Boden und halte die Augen geschlossen. Dunkelheit entspannt mich. In letzter Zeit habe ich das Gefühl, dass ich von Reizen überflutet werde. Ich denke mehr, als meine Augen aufnehmen können und das System Gehirn kollabiert, implodiert, System Error, Bluescreen. Wenn ich die Möglichkeit habe, schließe ich also die Augen. So wie jetzt, doch mein Gehirn zeichnet mir bunte Bilder. Ich denke und es zeichnet. Es zeichnet und ich denke – also denke ich und denke zeichnende Gedanken, über die ich nachdenke – System Error. *Scheiß Gehirn.* Ich öffne die Augen wieder. *Auch scheiße.* Also gebe ich mich doch lieber abstrakter Malerei hin.

„Wieso?", fragt mich Ani.

„Weil sie mich belogen hat. Du hättest sie sehen müssen. Es war, als hätte sie kurz vor meinem Besuch geweint, und die Wohnung war unordentlich und es roch nach abgestandenem Essen. Sie wirkte, als wäre sie kurz vorher zusammengebrochen."

„Wie wirken denn Menschen nach einem Zusammenbruch?"

„Ich weiß es nicht, aber wenn ich sie beschreiben müsste, würde ich ein Bild malen und ich würde sie und ihr Leben zeichnen. Kleider lagen auf dem Boden. Leere Flaschen Wein standen auf dem Tisch. Essensreste in Styroporboxen aus vergangenen Tagen lagen verstreut herum, aber nicht im Müll, wo sie hingehörten. Dunkle Furchen unter ihren Augen. Sie war nicht die Frau, der ich bei der Beisetzung begegnet bin.

„Klingt klischeehaft."

„Meinst du, ich wollte etwas sehen, was nicht der Realität entsprach? Sie wirkte auf der Beerdigung wie ein helles Licht und als ich bei ihr war, war von dem Licht nichts zu erkennen. Sie glich einer Sonnenfinsternis – ihr Leid hat sich vor sie geschoben."

„Aber vielleicht war sie schon immer ein unordentlicher Mensch."

„Mein Vater mochte keine Unordnung."

Ich höre, wie sich Ani im Bett umherwälzt. Wahrscheinlich hat sie sich zu mir herübergebeugt und macht mir gleich eine Ansage. Wie immer.

„Du machst mich fertig, Ina!", sagt sie und ich schmunzle. Beste Freundinnen sind das Salz in der Suppe des Lebens.

„Warum?"

„Wo sind deine mathematischen Fähigkeiten?"

„Soll ich dir etwas vorrechnen?"

„In meinem Unterricht wird nichts gerechnet, du Pappnase. Also fassen wir zusammen. Dein Vater mag keine Unordnung, holt sich aber eine Frau ins Leben, die Unordnung schafft? Das ergibt doch keinen Sinn! Vielleicht wollte sie ihn lieben und er hat dieser Liebe einen Riegel vorgeschoben."

„Also hat sie mich angelogen."

„Menschen möchten bestätigt werden. Ihnen ist die Wahrheit gleichgültig und ich kann es niemandem verübeln. Wer möchte denn schon in seinen Grundfesten erschüttert werden? Ich finde, du solltest dich nicht selbst belügen, warum also möchtest du dort wirklich wieder hin?"

„Ich möchte mehr über meinen Vater erfahren."

„Was genau?"

„Ich will hören, dass er glückliche Momente hatte. Ich wünsche es mir. Es macht mich verrückt, etwas anderes zu denken. Bei uns zu Hause wirkte er niedergeschlagen, schlapp und ausgebeutet. Und ich habe meinen Teil dazu beigetragen. Ich war ihm eine schlechte Tochter und deshalb sehne ich mich danach, zu hören, dass er Momente der Freude erlebt hat. Dass sein Leben nicht trostlos war, sondern farbenreich und es ist mir egal, mit wem er diese Augenblicke verbracht hat."

„Du hast dich verändert, Ina. Das klang vor einigen Wochen noch ganz anders. Sprichst du es jetzt endlich aus?"

„Was genau?"

„Dann nicht, du Trottel."

Ich öffne die Augen, sehe in Anis Augen und weine: „Ich vermisse ihn."

„Ich weiß."

„Ich möchte mich mit ihm streiten und mich über ihn ärgern."

„Mein Beileid, Ina."

„Warum nur war ich so gemein zu ihm?"

21

Amelie auf dem Freidhof

Es ist bald Weihnachten, Georg. Vor etwas mehr als drei Monaten bist du von uns gegangen und es kommt mir wie eine Ewigkeit vor. Du fehlst mir. Wer hätte das gedacht? Als du noch bei uns warst, wusste ich nicht, ob ich dich abstoßend oder anziehend fand. Es scheint, als hätte ich es versäumt, deinen Wert zu erkennen, doch ich glaube, du hast meinen Wert genauso wenig erkannt. Schuldzuweisungen bringen jetzt nichts mehr. Ich zeige nicht mit dem Finger auf dich, aber zeige du genauso wenig mit deinem Finger auf mich.

Tja …

Nun fehlt mir alles an dir – dein Lachen morgens, bevor ich es dir genommen habe, weil ich frustriert war, dass du mich frustriert hast. Haben wir uns wirklich gegenseitig frustriert oder suche ich nur nach einer billigen Erklärung für unser verkorkstes Eheleben?

Es fühlt sich an, als hätten wir unsere kindliche Freude geschreddert und unter die Erde gemischt – Humus für einen Baum, an dem giftige Früchte gewachsen sind, und unsere Kinder haben von diesen Früchten gekostet. Wir waren fürchterliche Eltern, Georg.

Als wir uns so weit hatten, dass wir nicht mehr miteinander gelacht haben, wollte ich keinen griesgrämigen Mann an meiner Seite haben. Nichts konnte mir gut genug sein und Ina machte es mir gleich. Sie behandelte dich, wie ich dich behandelt habe. Ich muss sie um Verzeihung bitten. Ich werde sagen: *Ich bin der Grund, dass du kein gutes Verhältnis zu deinem Vater hattest.*

Oder sollte ich sagen: *Dein Vater und ich sind schuld daran, dass du kein gutes Verhältnis zu ihm hattest?* Schließlich gehört der giftige Baum uns. Wir haben ihn ausgesät und gepflegt.

Du fehlst ihr, Georg. Ich höre sie oft weinen. Wärst du noch hier, du würdest sie in deine Arme schließen und sie trösten. Du würdest ihr den

Schmerz abnehmen und ihn zu deinem machen. Eine schöne Vorstellung – wahrscheinlicher wäre es gewesen, dass ihr euch gestritten hättet. *Stell dich nicht so an*, hättest du gesagt und es hätte sie erzürnt und ich finde, sie hätte allen Grund dazu gehabt.

Mathea versucht deinen Namen reinzuwaschen, doch ich weiß, du hast mich nicht mehr geliebt. Ich habe sie gesehen, die Liebe deines Lebens mit den krausen Haaren und den glänzenden edelsteinbraunen Augen. Ihr wärt ein bezauberndes Pärchen geworden und die Kinder hätten sie geliebt. Ein Sonnenschein. Weißt du noch, das war mal dein Kosename für mich.

Mir ist kalt geworden und meine Beine sind durchgedrückt. Du weißt ja, ich kann nicht lange stehen. In meiner Tasche habe ich eine dünne Decke gegen die Kälte, also setze ich mich jetzt auf die Bank. Komm doch bitte mit und leiste mir etwas Gesellschaft.

„Hallo, haben Sie eine Antwort gefunden?"

Ein junges Mädchen begrüßt mich. Sie heißt Sophia und ist Inas Klassenkameradin. Du kennst sie nicht. Du hast dich nicht für das Schulleben unserer Tochter interessiert. *Übernimm du das,* hast du immer zu mir gesagt. Den Clown hingegen konntest du vor Inas seltenen Besuchern immer spielen. Das war dir die liebste Rolle. Deine Mundwinkel haben sich gedreht. Als der Besuch wieder gegangen war, warst du Georg, der Ehemann, der Vater, der traurige, teilnahmslose und frustrierte Mensch, den wir am besten kannten.

Sophia ist oft hier auf dem Friedhof und wir reden dann immer etwas. Nicht viel. Es sind dann immer nur kurze würzige Sätze, die mich zum Nachdenken bewegen. Ihr Vater war auf deiner Beerdigung. Ich habe ihn nie kennengelernt. Holger heißt er und ihr würdet euch aus eurer Jugend kennen.

„Ich weiß es noch immer nicht", antworte ich ihr, „zu sagen, mir ginge es schlecht, wäre gelogen. Zu sagen, mir ginge es gut, wäre genauso gelogen. Ich bin weder tot, noch bin ich am Leben, fürchte ich."

„Wir sind einen Schritt weiter", sagt sie, „und nächstes Mal antworten Sie mir lächelnd: Nicht gut. Das wäre nicht gelogen, finden Sie nicht auch? Und Sie hätten dabei ein fröhliches Gesicht."

Ich denke etwas nach und lache: „Ich werde es mir merken."

„Grüßen Sie mir Ina, Frau Friedrich. Schön, Sie lachen gehört zu haben."

„Bis zum nächsten Mal", sage ich und sie verschwindet hinter dem Rosenstrauch, an dem leuchtend rote Hagebuttenfrüchte hängen.

Jetzt sind wir wieder allein, Georg. Nur noch eine Woche bis Weihnachten und kurz darauf beginnt das neue Jahr. Ein Neuanfang. Menschenbräuche sind irrsinnig. Sollte denn nicht jeder Tag ein Neuanfang bedeuten?

Die Bank, vor der wir jetzt stehen, ist nass, aber ich habe Taschentücher und ich trockne unsere Plätze. Oh, verzeih mir, Liebster, ich bin etwas durcheinander. Ich habe von einem *Uns* gesprochen, dabei habe ich vergessen, deinen Sitzplatz zu trocknen. Da. Jetzt. Setz dich.

Die Luft ist frisch. Nimm einen Atemzug, ist das nicht herrlich? Seit ein paar Nächten haben wir Frost und morgens, wenn ich aufwache und aus dem Fenster blicke, erkenne ich Eis auf den Spitzen der Grashalme in unserem Garten. *Der Winter ist romantisch*, hast du immer gesagt. Zeit vor dem Kamin, eine Tasse Tee in der Küche, gemeinsames Lesen im Bett. Wir seien alt geworden und alte Menschen würden nun mal solche Dinge machen. Du lachtest und meintest, junge Menschen sollten diesem Beispiel auch folgen, denn gemeinsame Zeit sei nicht altersbedingt, sondern von klein auf zeitlos. Mir fehlt dein Lachen. Mir fehlen deine Geschichten. Du bist vor Jahren schon verklungen und ich bin dir ins Niemandsland gefolgt. Und dorthin, wohin ich dir gefolgt bin, sind wir unter uns zusammengebrochen, Georg. Wir konnten die zerschredderten Teile unserer Freude nicht auflesen und wieder zusammensetzen. Vielleicht, weil wir die Freude ohnehin wieder in den Häcksler geworfen hätten.

Was habe ich vom Leben erwartet, dass ich es mit meinem Unglück-lichsein strafe? Was hast du dem Leben nur angetan, dass es dich so früh genommen hat? Siehst du meine Tränen? Ich bereue alles, Georg. Ich wünschte, ich hätte dich gehen lassen. Ich hätte sagen sollen: *Ich spüre, du liebst eine andere Frau. Geh, denn ich möchte dich wieder lachen sehen, wie du einst vor der Essensausgabe gelacht hast.* Ich ha-be es nicht getan, denn ich wollte alles und nichts davon. Es war wie ein, *wenn ich ihn nicht haben kann, soll ihn niemand anderes haben, denn vielleicht ... Ja, vielleicht wird es wieder wie damals.*

Was würdest du mir über sie erzählen, wärst du jetzt hier? Dass ihr die ganze Nacht gelacht habt? So warst du nämlich schon immer. *Ein Tag ohne gelacht zu haben, ist ein verlorener Tag*, hast du mal gesagt. Du hast an meiner Seite viele deiner wertvollen Tage verloren. Warum bist du bei mir geblieben? Wegen unserer Kinder? War ich dir nicht mehr wert? Vielleicht aber warst du mir genauso wenig wert. Du musst wissen, Tom habe ich es auf diese Weise verkauft. Ich bin eine gute Verkäuferin, Georg. Ich habe dir von ihm erzählt. Weil ich nicht anders konnte, als über ihn zu sprechen. Er hat mich begeistert und ich fühlte ein Kribbeln, das nach ihm verlangte. Ich musste meinen Durst irgend-wie löschen, also habe ich dir erzählt, wie weiblich er sei, dabei war er männlicher als jeder andere Mann, den ich kennengelernt hatte. Wie schön es war, von ihm erzählen zu können und den Druck in mir abzu-lassen. Ich sagte, er sei homosexuell, dabei wusste ich, dass er es nicht war, denn ... Er hat versucht, mich zu küssen. Er hat meine Hand ge-halten und seine Stirn an meine gelehnt. Er sagte, ich sei wie ein Re-genbogen bei Regenwetter. *Du bist eine trostlose Gestalt, die bunt leuchtet.* Ich müsse die Wolken weiterziehen lassen und wieder glück-lich werden. Ich habe viele schöne und lustige Gespräche geführt. Mal wieder gelacht zu haben, ja, so etwas wie Lebensfreude gespürt zu ha-ben, war eine verführerische Abwechslung, der man nur schwerlich widerstehen kann. Doch ich schrieb ihm, ich könne dich nicht verlas-sen, weil unsere Kinder in unserer Mitte stünden. Ich dachte, ich hätte

112

gelogen, weil ich dich doch liebe, aber es fühlte sich nicht danach an, als sei es meiner Fantasie entsprungen. Es war nur halb geflunkert und diese Erkenntnis riss mir fast das Herz heraus. Die Halbwahrheit baute eine Distanz zu ihm auf, die ich zwar wollte und gleichzeitig nicht wollte. Für das Wohl meiner Familie habe ich zurückgesteckt. Oder habe ich nur für mich zurückgesteckt, weil ich zu feige war, etwas zu beenden, was bereits gescheitert war? Habe ich mir nur selbst etwas vorgespielt, weil mir der Mut fehlte, einen neuen und unbekannten Weg zu bestreiten? *Sag dir, es ist für die Kinder. Unglücklich, aber vertraut. Gescheitert und doch heil – für ein* **Papa** *und ein* **Mama** *unter einem Dach. Gib deine Freude für die Freuden deiner Kinder auf. Sei unehrlich zu dir, deinem Mann und deinen Kindern für das Wohl, das nur in deinem Kopf existiert.*

Tom ist ein schöner Mann mit dichtem blonden Haar und ich habe um ihn geweint. Du hättest ihn gemocht, weil ihr euch in vielen Dingen gleicht. Du hättest ihm die Hand geschüttelt, ihm in die Augen geschaut und angefangen zu erzählen. So wie du es immer machst und Tom hätte es dir gleich gemacht. Ihr hättet euch über das Leben unterhalten und Tom hätte so etwas gesagt wie: *Es ist eine Tragikomödie, warum also sollte man nicht ein gewisses Maß an Galgenhumor aufbringen und über das Leben lachen?* Vielleicht habe ich mich in ihn verliebt, weil er mich an dein früheres Ich erinnerte.

Ich bin glücklich darüber, dich nicht betrogen zu haben. Hörst du, Georg, ich war dir eine treue Frau. Ich habe ihn nicht geküsst. Ich bin seiner Einladung, ihn zu besuchen, nicht gefolgt. Vor seinem Auto berührte er meine Lippen und ich habe ihm die Hand zur Seite geschoben und ihn weggedrückt. Ein Gentleman weiß, wann er verloren hat, und er hat sich seit meiner Erklärung, bei dir zu bleiben, nicht mehr um mich bemüht.

Du kannst mir nicht verübeln, einen anderen Mann geliebt zu haben. Oder doch? Meinst du, wir hätten miteinander über uns sprechen sollen? Ich denke: Ja. Ich hätte sagen sollen: *So geht es nicht weiter, denn*

113

es fehlt mir ganz viel in unserer Ehe. Und du hättest vielleicht gesagt: *Mir geht es genauso.* Und wir hätten gelacht, weil wir uns blöd vorgekommen wären, nicht vorher darüber gesprochen zu haben. Daraufhin hätten wir Lösungen gefunden, auch wenn es bedeutet hätte, getrennte Wege zu gehen. Es wäre so simpel gewesen.

Zu Heiligabend kommt Niko vorbei. Er hat sich angekündigt. In letzter Zeit kommt er häufiger und wir reden viel. Meistens dann, wenn Ina mit dem Fahrrad unterwegs ist. Dann rufe ich ihn an und er kommt schnell vorbei. Du weißt doch, er arbeitet von zu Hause und wohnt in der Nähe.

Ich glaube, es würde Ina nicht gefallen, Niko so oft bei uns zu sehen. Niko und ich trösten uns, Georg. Dein bester Freund ist ein sensibler Mann. In gewisser Weise erinnert er mich auch an dich, nur dass wir nicht so viel lachen, wie wir beide es einst getan haben. Ist Lachen ein Beziehungsgarant? Oder ein *Nice-To-Have*?

Eines Abends, Ina war auch da, hat er den Kindern Geschichten von dir erzählt und ich musste feststellen, dass er ein hervorragender Lügner ist. Ina glaubt nun, sie hätte einen Heldenpapa verloren. Er sagte, du seist ins Meer gesprungen und hättest einen Menschen vor dem Ertrinken gerettet. Ich weinte, als ich die Begeisterung in Inas Augen erkannte und ein verlegenes Lächeln wahrnahm. Ihre Hände und Beine zuckten, so, als wollte sie aufspringen, applaudieren und rufen: *Papa ist toll. Steht auf. Nicht weniger als tosender Beifall gebührt ihm.*

Ich bin gespannt, welche Lobeshymnen er dieses Mal singen wird. Ihr wart schon immer die besten Freunde. Wenn ihr euch begegnet seid, sah ich euch eure Liebe an und ich war neidisch auf Niko, denn so hast du mich schon lange nicht mehr angesehen. Heute verstehe ich deine Freude über ihn, verstehe eure Verbundenheit, und ich ärgere mich über meine Eifersucht.

Schau, es schneit, ist das nicht schön? Ich werde nass und dich kümmert es nicht, denn du sitzt vielleicht gar nicht bei mir, sondern stehst noch, denn Geister können vielleicht überhaupt nicht sitzen.

114

Hörst du mir nachts vor meinem Einschlafen wenigstens zu, wenn ich dir ein Liedchen summe? Du mochtest es, wenn ich das gemacht habe. Ich verstehe nicht, warum ich vor so langer Zeit damit aufgehört habe. Es sind die Kleinigkeiten, die sich häufen. Zuerst geht dies verloren, dann das und jenes und am Ende ist nichts mehr da, was die Partnerschaft ausgemacht hat.

Ich weine, Georg, jeden Tag weine ich, weil ich glaube, verrückt zu sein. Wie oft habe ich mir in der Vergangenheit gewünscht, du wärst nur eine unerfreuliche Einbildung, ein schlechter Gedanke, ein Albtraum. *Wann wache ich endlich auf und lebe das Leben, das mir zusteht?*

Georg, sag, wieso habe ich dich nicht gehen lassen? *Verschwinde und such dein Glück*, das hätte ich sagen sollen. Wenn du mich hörst, gib mir ein Zeichen, dass du mit dieser Frau in eurer gemeinsamen Zeit glücklich gewesen bist. Nichts sehnlicher wünsche ich mir in diesem Augenblick.

Ich bin unfair mir selbst gegenüber. Ich hätte sagen müssen: *Wir gehen jetzt getrennte Wege und suchen uns unser Glück! Und zwar so, wie wir es uns schon immer gewünscht haben!*

22

Heute ist Heiligabend. Wir haben achtzehn Uhr, der Tannenbaum steht und Mama und Mathea schmücken ihn. Eine große Nordmanntanne in einer kleinen Ecke neben dem Fernseher. Der Fernseher wird zur Hälfte verdeckt, aber das stört hier niemanden. Seit Papa nicht mehr bei uns ist, bleibt der Fernseher die meiste Zeit ausgeschaltet. Er ist ein Relikt und das Vermächtnis eines grimmigen Mannes: *Trauert nicht zu sehr und erinnert euch an schlechte Tage. Lasst Freudentränen laufen, denn nun hat sich viel verändert.* Als ob das so einfach funktioniert.

Ich habe keine Lust auf Weihnachten, das hatte ich noch nie, doch dieses Jahr noch weniger als sonst. Das Fest ist eine Farce, ein Schmierentheater, ein aufgezwungenes Glück – *es ist die Zeit der Liebe, also liebt euch gefälligst.* Es ist künstliche Freude – *wie sehr habe ich mir dieses unnütze Ding gewünscht, das mich nach einem halben Jahr schon wieder langweilt.* Und es ist Konsum und ein aufgesetztes Leben – es hat mich angekotzt. Vielleicht mochte ich es aber nur nicht, weil ich unzufrieden war – *was in mir steckt, trage ich nach außen*, das ergibt Sinn. Dieses Jahr mag ich keine Weihnachten, weil mir die festgefahrenen Rituale fehlen – ein Baum schmückender Papa, eine Kekse backende Mama, ein sich in sein Zimmer verkriechendes *Ich* und eine Papa assistierende Mathea.

Heute schmückt Mama den Baum, Mathea hilft ihr dabei und ich liege auf dem Sofa und lese ein Buch – Siddhartha von Hermann Hesse. Siddhartha, der Erhabene, der von Weisheit Geküsste, der Erleuchtete.

Mama und Mathea lachen. Ich habe Mama schon lange nicht mehr lachen gehört. Es klingt wie ein Echo aus der Vergangenheit.

Siddhartha, wer bin ich?, frage ich mich. Ich kenne mich doch nur wütend und frustriert. *Du bist Ina und es wird Zeit, weltliches Leid hinter dir zu lassen,* würde Siddhartha vielleicht antworten. Vielleicht auch nicht. Ich werde die Geschichte zu Ende lesen und mir dann ein Gespräch zwischen mir und Siddhartha ausdenken.

Wie schön wäre es, käme der Satz über das *Hinter-Uns-Lassen-Des-Weltlichen-Leides* aus deinem Mund, Papa. Musstest du erst sterben, damit wir hier glücklich werden?

Neulich hat mich Mama in den Arm genommen. Sie hat mich weinen gehört und meinte, sie würde mir meinen Schmerz nehmen, damit ich wieder fröhlich sein kann. Ich sagte, dass ich es vermissen würde, mit dir zu streiten, obwohl ich es doch eigentlich gehasst habe.

Mama meinte, sie trüge Mitschuld an deiner und meiner Beziehung. Alles hänge mit allem zusammen, sagte sie, und ihre Stimmung hätte sich auf mich übertragen. Du wärst ein hervorragender Papa gewesen, sagte sie, und ich solle nicht mehr so streng zu dir sein.

Ich lege das Buch zur Seite und schaue Mama und Mathea beim Schmücken zu. Mathea spricht in letzter Zeit sehr viel. Das wärst du nicht gewohnt gewesen. Das stille Mädchen wird zur Quasselstrippe. Sie hat jetzt Freundinnen und verabredet sich nach der Schule. Unser tristes Haus wird jetzt bunt, Papa. Du und Mama, ihr habt euch nicht geliebt. Das war es, was mir Mama sagen wollte, doch ich wollte sie nicht unterbrechen und ich wollte auch nicht sagen: *Ich weiß*. Was genau ich wissen würde, hätte sie gefragt und ich hätte geantwortet: *Alles, Mama. Ich weiß einfach alles*. Aber das wollte ich nicht sagen, denn ich trage keine Wut mehr in mir. Eine Wut, die ich nicht in mir trage, kann ich nicht wütend aussprechen, und das ist gut so. Früher hätte ich gesagt: *Ich habe mal gelesen, dass Schwingung übertragen werden kann. Ihr habt gelitten und euer Leid hat sich auf uns gelegt. Ihr habt unser Leben zerstört.*

Alles verändert sich. Nichts ist, wie es einen Augenblick vorher noch war – ich entwickle mich, Papa. Bist du stolz auf mich?

Ich habe Leonie kennengelernt. Ich saß bei ihr in der Küche und sie hat von dir erzählt. Ihr seid euch auf einer Tagung begegnet, sagte sie.

Sie ist hübsch und freundlich und sie leidet. Alles an ihr schreit nach Hilfe und ich habe festgestellt: *Sie ist das Antonym von Hoffnung.*

Sie hat vor eurem Kennenlernen gestrahlt, nicht wahr? Ich finde, man sieht Menschen ihr früheres Glück an und ich glaube, ihr wart sehr glücklich miteinander. Sie hat uns Tee zubereitet. *Griechischer Bergtee zur Beruhigung*, sagte sie. Ihrer traurigen Stimme wohnte eine Verspieltheit inne, so, als wollte sie aufspringen und schreien vor Freude. *Schön, dich endlich kennenzulernen*, flüsterte sie und ein Lächeln huschte über ihr Gesicht. Ein Satz wie ein Hammerschlag. Du hast von mir gesprochen, Papa, und sie redete weiter: *Dein Vater hat euch alle sehr geliebt. Er meinte, du und er, ihr hättet euch oft gestritten und das wollte er ändern. Und Schach hättet ihr früher oft gespielt und er würde es vermissen, von dir herausgefordert zu werden. Seine genauen Worte waren: „Jeden Tag warte ich darauf, dass sie mit dem Schachspiel um die Ecke kommt. Sie war ein fröhliches Mädchen. Nun ist sie kein Mädchen mehr und junge Frauen interessieren sich nicht für ein Schachduell mit ihrem alten Papa, und fröhlich ist sie schon lange nicht mehr – vielleicht ist das ja der wahre Grund, weshalb sie nicht mehr* ich bin Schachtrainerin der renommierten Moskauer Schachakademie. Zeit für eine Lehrstunde *ruft.“*

Ich habe an diesem Nachmittag in Leonies kleiner Wohnung inmitten von Berlin viel geweint. Von Mama hat sie nichts erzählt und von euch auch nicht. Nur, dass ihr Freunde gewesen wärt.

Hättest du uns für eine andere Frau verlassen, ich hätte dich gehasst, doch nun denke ich: Wärst du bloß gegangen. Du hast dich an etwas geklammert, was bereits gescheitert war. Ich war blind. Wie viel schöner wäre unser Verhältnis gewesen, hättest du Mama verlassen?

Ich stehe auf und gehe zu Mama und Mathea.

„Willst du helfen?“

Mama gibt mir eine Weihnachtskugel und ich schlage sie ihr aus der Hand. Sie zerspringt und Mathea erschrickt.

„Was ist los, mein Kind?“

Mamas Blick verrät mir, dass sie sich um meinen Schmerz sorgt. Er ist wie ein: *Wie kann ich dir helfen?*

Ich umarme sie und flüstere ihr zu und hoffe, dass Mathea nichts hört.

„Musste Papa erst sterben, damit wir Freude empfinden? Hättest du mit uns nicht einfach weggehen können, Mama?"

Mamas Stimme klingt zärtlich, so, als würde sie mich im Bett vor dem Schlafengehen zudecken. So, als wäre der Klang ihrer Stimme der Schutz vor einer klirrenden Kälte: „Du bist erwachsen geworden, Ina. Erwachsener, als ich es bin. Ich wollte euch euren Vater nicht wegnehmen. Und ich wollte ihn mir nicht wegnehmen."

Ich habe gesagt, sie hätte weggehen müssen und hatte dabei ein trauriges Bild vor Augen: *An Kinderhänden zerrende Mama verlässt das Häuschen, wirft die Koffer in den Kofferraum und verschwindet mit quietschenden Reifen. Mathea weint um Papa und ich strecke ihm den Mittelfinger entgegen.*

Oder hätte ich um ihn geweint und Mama verachtet, mich meinem griesgrämigen Papa entzogen zu haben?

„Meinst du, er ist unseretwegen gestorben? Weil er mit uns unglücklich war?", frage ich.

„Es war ein Herzinfarkt."

Wir weinen und Mathea kommt zu uns und umarmt uns: „Ich wette, Papa schaut auf uns und freut sich, dass wir zueinander gefunden haben."

Später am Abend klingelt es an der Tür. Mama öffnet sie und Niko tritt herein – ein großer Mann mit dichtem schwarzen Haar und zwei kleinen Tüten in den Händen. Er lächelt. Genau wie wir. Die Scherben unter dem Baum sind gekehrt und niemand schneidet sich unter den Füßen.

„Schön, hier zu sein", sagt er, „ich kann allerdings nicht lange bleiben."

„Möchtest du einen Kaffee oder vielleicht einen Wein?", fragt meine Mutter.

„Einen Wein, bitte."

Niko ist ein gut aussehender Mann. Ich frage mich, warum er keine Frau an seiner Seite hat. Vielleicht, weil er keine haben möchte, oder ich weiß einfach zu wenig und er fährt gleich zu seiner Partnerin. Vielleicht auch zu seinem Partner.

„Onkel Niko", sage ich, „bist du noch immer Single?"

„Bisher ist mir die Richtige nicht über den Weg gelaufen."

Er hat *die Richtige* gesagt und blickt zu Mama, Papa, und ich erkenne ein Geheimnis. Wäre es für dich in Ordnung, dass dein bester Freund und Mama ein Verhältnis führen?

„Setz dich, ich bringe dir deinen Rotwein."

„Von einem Rotwein war nicht die Rede", sage ich laut.

Mama errötet. Ich habe es sofort gesehen. Sie sind sich nah, Papa. Bin ich jetzt deine Rechtsanwältin? *Mein Mandant und ich sind der Ansicht, dass dies ein Hintergehen vierten Grades aus dem Grundbeziehungsrecht Paragraf einundvierzig Absatz zwei ist.*

Wüte ich jetzt und zerstöre etwas, was noch nicht richtig angefangen hat?

Mathea läuft an mir vorbei und umarmt Onkel Niko.

„Schön, dass du uns so oft besuchen kommst, Onkel."

Niko ist also ein häufiger Besucher?

Mathea mag ihn, Mama mag ihn und ich mag ihn auch – wie könnte ich nicht, er war schon immer bei uns. Ein Freund der Familie könnte Familie werden. Ob er mit Mama glücklich werden kann? Verzeihst du mir, wenn ich Mama eine gute Tochter bin, Papa?

Das Verfahren wird eingestellt, Herr Friedrich. Es liegt kein Straftatbestand vor, da Sie nicht weiter Teil dieser Welt sind. Ihre Rechte des Grundbeziehungsrechts greifen nicht.

Verzeihst du mir all unsere Streitereien, wenn ich den neuen Mann an Mamas Seite akzeptiere?

„Schön, dich hier zu haben", sage ich und umarme ihn auch, „musst du wirklich schon bald wieder los?"

Mama verschwindet in die Küche und ich höre sie schluchzen.

„Ich gehe eurer Mutter zur Hand", sagt er und folgt ihr.

Mathea lächelt mich an: „Du bist tatsächlich erwachsen geworden, Ina."

„Du wusstest also von den beiden."

„Onkel Niko hat uns in letzter Zeit immer dann besucht, wenn du mit dem Fahrrad stundenlang unterwegs warst."

„Bist du nicht zu jung, um solche Spielchen zu durchschauen?"

„Jung und schon erwachsen."

„Du machst mich fertig, Schwesterchen. Du bist mir vorher nicht so bewusst gewesen."

„Weil du noch ein Kind warst, Ina. Findest du nicht auch, dass sich unsere Leben seit Papas Tod positiv verändert haben?"

„Ja, und das ist traurig."

„Da stimme ich dir zu, große Schwester."

Niko ist geblieben und ein Abend mit Gesellschaftsspielen endet um null Uhr. Wir überreichen uns unsere Geschenke. Meiner Mutter schenke ich ein Bild von Papa, Mathea und mir. Es ist ein altes Foto, das ich in Papas Fotoalbum gefunden habe und das nun in einem metallenen Rahmen steckt – bereit, aufgehängt zu werden und eine kahle Wand zu verschönern. Es ist ein schönes Bild, das einen Moment zeigt, an den ich mich nicht erinnern kann: Mathea sitzt auf seinen Schultern und ich halte mich an seinem Hosenbein fest und strecke die Zunge heraus. *Ein zu junges Gedächtnis kann sich an einen jungen Papa nicht erinnern: Wie schade.*

Onkel Niko bekommt eine Umarmung von mir und den Satz: „Ich mag dich, Onkel."

Er lächelt sanft: „Hier, ich habe zwei Kleinigkeiten für euch", sagt er, „es ist ein Kinderbuch für dich, Mathea, und ein Brief für dich, Ina. Lies den Brief in Ruhe."

Mathea schläft kurze Zeit später ein und Onkel Niko trägt sie ins Bett.

Zwei Erwachsene und eine Jugendliche trinken Wein.

Irgendwann gehe ich in mein Zimmer, lege mich ins Bett und lasse die Erwachsenen allein. Nach einer Weile höre ich Mama und Onkel Niko stöhnen.

Dein bester Freund schläft mit deiner Frau, Papa, und ich weiß nicht, was ich davon halten soll. Findest du nicht auch, dass der Schmerz zu schnell von uns abgefallen ist? Es würde nur erklären, dass du uns eine zu große Last warst und jetzt, da du nicht mehr bei uns bist, fällt uns das Leben leichter. Aber daran möchte ich nicht glauben, also glaube ich daran, dass Mama dich nicht geliebt hat und ihre Freude über ihre neugewonnene Leichtigkeit uns ansteckt.

Ich kann nicht schlafen, öffne den Brief, den mir Onkel Niko in die Hand gedrückt hat, und lese ihn.

23

Der Brief

Wenn die Nacht einbricht, fühlt es sich an, als würde man mir das Herz herausreißen, es auseinanderziehen wie ein Kaugummi und damit Seil springen. Das waren die Worte deines Vaters, Ina. Ich war unehrlich zu dir. Die ganze Wahrheit möchte ich dir allerdings vorenthalten. Belassen wir es bei diesem einen bildhaften Satz oben und den Worten, die zwischen den Zeilen hängen.

Ich habe nach dem Tod deines Vaters einen Brief von seinem Freund Niko erhalten. Eines Abends stand er weinend vor meiner Tür. Ich bin in seinen Armen zusammengebrochen, doch er war nicht stark genug, mich zu trösten. Wir waren zwei armselige Figuren inmitten meiner Wohnung, die in sich zusammengefallen sind. Es ist nicht fair, Trauernde als armselig zu bezeichnen, findest du nicht auch? Sagen wir Liebende, deren Herzen bei lebendigem Leibe aus der Brust herausgerissen wurden.

Als Niko fuhr, öffnete ich den Brief. In ihm war zwar vermerkt, ich könne dir all jenes erzählen, was mir vorstrebe, doch so einfach gestaltet es sich meist nicht. Ich wünsche mir, dass du deinen Vater als den Mann in Erinnerung behältst, den du kennengelernt hast, denn alles, was ich dir erzählen könnte, wäre dir vielleicht ein Dorn im Auge. Man möge sich das mal vorstellen, ein Dorn im Auge: Wie schmerzhaft müsse das sein? Diese Schmerzen möchte ich dir ersparen. Wer bin ich denn schon? Ich bin eine Fremde, die deinen Vater vor sechs Jahren kennengelernt hat.

Ich möchte dir allerdings von einem bestimmten Abend erzählen, der zum großen Teil dir galt. Wir saßen in einer Bar, dein Vater hatte bereits sein drittes Bier. Ich muss dir nicht erzählen, dass dein Vater ein Mann war, dem ein drittes Bier bereits zu viel gewesen ist. Er sprang auf den Tisch und sang Lieder, die keine Lieder waren. Zusammenhanglose Sätze reihten sich melodisch aneinander und er lachte und forderte mich zum Tanzen auf. Ich sollte auf den Tisch steigen und dann rief er dem Barmann zu, er solle die Musik laut aufdrehen, denn so leise wie sie sei, wer könne da Spaß haben. Die Gäste lachten und der Barmann rief: *Solange alles heil bleibt, möchte ich dir nicht im Weg stehen.*

Ich stieg mit ihm auf den Tisch und wir tanzten und lachten und drehten uns und ich wäre beinahe gefallen, doch er zog mich an sich und unsere Lippen waren ganz dicht beieinander. Sein Atem roch nach Bier, doch es störte mich nicht. Ja, Ina, ich wollte deinen Vater in diesem Moment küssen. Es hat nicht viel gefehlt, ich machte nur eine leichte Bewegung nach vorn und er eine leichte Bewegung zurück. Es war ein Augenblick für Picasso oder Gustav Klimt. Es muss ein wunderschönes Motiv gewesen sein und wäre einer dieser Künstler vor Ort gewesen, so wären wir für die Ewigkeit festgehalten worden.

„Ich kann dich nicht küssen, denn ich bin mit der wundervollsten Frau auf diesem Planeten verheiratet", sagte er. Deine Mutter war eine beneidenswerte Frau. Ich wollte diesen wundervollen Mann in einem wundervollen Moment küssen, seine Lippen spüren, sein Haar packen und ihn nie wieder loslassen. Ich habe mich in deinen Vater verliebt, Ina. Wie könnte ich nicht? Er ist ein wunderbarer Mensch gewesen.

Wir setzten uns wieder, der Barmann drehte die Musik leiser und dein Vater sprach von dir, Ina.

„Ich habe zwei Töchter und eine von ihnen heißt Ina. Du würdest sie lieben. Sie sieht aus wie ihre Mutter und ist frech, und immer, wenn sie lacht, geht mein Herz auf. Sie ist meine Kontrahentin. Wann es dazu gekommen ist, kann ich dir nicht sagen. Es ist ein stetiges Duell: Papa gegen Ina und Ina gegen Papa. Es ist wie ein legendäres Schachduell zwischen Nakamura und Carlsen – ich liebe sie. Meine Frau Amelie ist zauberhaft. Auch sie würdest du mögen. Es gibt keinen Menschen auf diesem Planeten, der sie nicht mag. Ich habe sie an der Uni kennengelernt und mich sofort verliebt. Außerdem: Wenn ich dich jetzt küssen
126

würde, du würdest den Glauben an die Männer verlieren, nicht wahr? Ein verheirateter Mann küsst eine andere Frau. Sollten wir uns ineinander verlieben, müssten wir uns eingestehen, dass diese Partnerschaft unter einem schlechten Stern stünde. Wie könntest du mir je vertrauen? Du würdest hinter jedem Seufzer einen Seitensprung in spe fürchten. Zunächst würdest du vielleicht denken, du seist außergewöhnlich und nur für dich allein hätte ich die holprige Straße meines Lebens begradigt, doch die Zeit hält uns einen Präsentkorb bereit. Sie überreicht uns Zweifel und Misstrauen – und du wirst sagen: Das Ende unserer gemeinsamen Zeit war vorhersehbar.

Ich sage dir, ich liebe meine Frau und meine Kinder und ich könnte dich niemals in mein Herz lassen. Dieser Kuss wäre nichts weiter als ein Aneinanderpressen zweier Lippen.

Meine zweite Tochter Mathea ist ein Engel. Kleine Beine laufen um die Ecke. Kleine Hände greifen nach Essen. Verzeih mir, Leonie, dass ich deine Gefühle nicht erwidern kann."

So oder so ähnlich waren seine Worte, Ina. Und stets sprach er über dich. Wie klug und hübsch du seist. Er mochte dein Durchsetzungsvermögen. *„Ich mache mir keine Sorgen um Ina. Sie wird die Weltherrschaft an sich reißen",* lachte er.

Sind das nicht Worte eines tollen Menschen? Ich konnte mir nicht wünschen, ihn euch verlassen zu sehen. Wir waren nur eine Idee von einer Partnerschaft – ein vergänglicher Gedanke, nichts weiter.

Ich hoffe, du bist deinem Vater durch diesen Brief näher gekommen. Auch wenn es nicht viel ist, was ich dir von ihm erzählt habe, hoffe ich doch, du erkennst seine Liebe zu euch an.

Bevor ich den Brief beende, bitte ich dich, mich nicht wieder besuchen zu kommen, denn du gleichst eher deinem Vater als deiner Mutter und ich ertrage es nicht, ihn in dir zu sehen. Ihr habt die gleichen sanftmütigen Augen, in die ich mich hoffnungslos verliebt habe.

Es war schön, dich kennengelernt zu haben. Leb wohl, Ina.

24

Raketen pfeifen und bemalen den Himmel. Zuerst ertönt ein lauter Knall und dann rieseln bunte Knallfrösche wie Konfetti herunter. Ich sitze auf dem kalten Bordstein und blicke hoch. Meine Hände sind in fingerlose Handschuhe gestülpt und sind halb kalt und halb warm.

Ich bin eine Schaulustige, die den Tod des alten Jahres befeiert. Ein neues Jahr startet stets mit Lärm und Gelächter und in so manchem Haushalt irgendwo sicher auch mit Tränen und Schmerz, denn das bleibt an keinem Tag fern. Neuerdings rauche ich, daher zünde ich mir eine Zigarette an. Danach greife ich nach der viel zu süßen und billigen Flasche Sekt und halte sie hoch.

„Auf dein Wohl, Papa", sage ich, nehme vorher noch den letzten Zug meiner Zigarette, schnippe sie auf die Straße und spüle mir den Frust des Vorjahres und des kommenden Jahres herunter. Eine Prise Pessimismus schadet nicht. Oder?

Niko und Mama sind jetzt offiziell ein Liebespaar und es gefällt mir. Dass es mir gefällt, missfällt mir. Ich wünschte, Papa wäre es gewesen, mit dem Mama glücklich gewesen wäre. Aber vielleicht lag es nicht an Papa, sondern an Mama. Wer weiß das schon? Mama weiß es bestimmt. Ach egal, es ist irrelevant. Alle meine Gedanken sind Schmutz, denn sie führen zu nichts. Nur Kummer und Zerwürfnisse, und sie tragen zu keiner Lösung bei. Sie zerfressen mich, schon lange vor deinem Tod haben sie mich zerfressen, Papa. Also schadet mir die Prise Pessimismus doch. Oder?

Mein Handy klingelt und ich gehe ran.

„Frohes Neues, Perle."

„Frohes Neues, Miststück", sage ich.

Ani lacht und mit ihr lache ich nun auch.

„Ziemlich mutig, für so eine halbe Portion."

„Mit dir nehme ich es doch zweimal auf", sage ich.

„Wie geht es dir? Hast dich lange nicht gemeldet.“

Ich stehe auf und gehe spazieren. Dabei zünde ich mir eine weitere Zigarette an. Ani hört es.

„Hast du dir gerade eine Zigarette angezündet?“

„Rauche neuerdings.“

„Scheiße, dir geht es echt übel.“

„Habe einen Brief von der hübschen Frau mit den krausen Haaren bekommen.“

„Und?“

„Ich durfte schöne Dinge über meinen Vater lesen, aber auch, dass ich sie nicht mehr besuchen kommen solle, weil ich ihm zu sehr gleichen würde.“

„Nenn mir Einzelheiten.“

„Das tut nichts zur Sache.“

„Stell dich nicht so an, du Zwerg.“

„Ich war letztens wieder am Kanal spazieren. Ich habe dir doch von dem Typen erzählt, den ich da mal getroffen habe. Ich bin ihm wieder begegnet und ich kenne jetzt seinen Namen. Er heißt Michael.“

„Du bist ihm begegnet, weil du ihm begegnen wolltest.“

„Ja. Ich habe mit ihm über meinen Vater und Leonie gesprochen. Sich einem Fremden anzuvertrauen, ist ein ganz anderes Feeling. Es ist, als würde man Ballast abwerfen, ohne sich fürchten zu müssen, jemanden mit diesem Ballast zu erschlagen. Verstehst du? Doch so fremd ist er jetzt nicht mehr. Sobald du mit jemandem dein Leid teilst, wird er zum Vertrauten.“

„Hör auf, immer so geschwollen zu sprechen und komm auf den Punkt.“

„Michael hat mir geraten, noch einmal nach Berlin zu fahren, um die schöne Frau zu treffen. Er meinte, mich im Ungewissen zu lassen, sei unfair. Wenn er eines im Leben gelernt hätte, wäre es, sich seinen Dämonen zu stellen. Das sei wichtig, sonst übernimmt einer dieser Dämonen die Oberhand und das Kartenhaus bricht in sich zusammen.“

130

„Also warst du wieder in Berlin?"

„Ja."

„Und?"

„Ich stand vor dem Plattenbau und klingelte, doch es machte mir niemand auf, also wartete ich und wartete und klingelte immer und immer wieder. Ich dachte, vielleicht hätte sie mich von oben aus gesehen und wollte mir nicht öffnen. Ich setzte mich vor die Tür und es war kalt und meine Füße froren. Irgendwann schrie ich ihren Namen und ich hörte damit nicht auf. So leicht ließ ich mich nicht abschütteln. Ich wollte Antworten, Ani. Das war sie mir schuldig."

Ich weine. Meine Hände zittern und meine Brust zieht sich unter den Schmerzen zusammen. Ich schnappe nach Luft, doch Ani reagiert nicht und weil Ani nicht reagiert, beruhige ich mich wieder.

„Wie lange hast du gewartet?", fragt sie.

„Bis in den Abend hinein. Ich glaube, es war bis zwanzig Uhr. Ich hatte genügend Geld bei mir für eine Übernachtung in einem Hotel. Mamas Geldbeutel ist leicht zugänglich und *Langfinger-Ina* ist schnell. Ich glaubte, ich hätte an alles gedacht: *Treffe ich sie nicht heute, so versuche ich es morgen in den Morgenstunden noch einmal.*"

„Und worauf warst du nicht vorbereitet?"

„Unten neben der Eingangstür öffnete sich ein Fenster und eine alte Frau reckte ihren Kopf hinaus. Ich glaube, sie war alt. Aber vielleicht täusche ich mich. Sie fragte mich, ob ich zu Frau Leonie Brandt wolle und ich bejahte. Sie fragte mich, wie ich zu ihr stehen würde, und ich antwortete, dass sie eine Freundin meines verstorbenen Vaters gewesen sei. Sie sagte: *Frau Brandt hat sich letzte Woche das Leben genommen. Es tut mir leid.* Und dann schloss sie das Fenster wieder. Zuerst glaubte ich, sie würde mich belügen und dass sie mit Leonie unter einer Decke stecken würde – ein abgekartetes Spiel. Also drückte ich alle Klingeln des Hauses nacheinander und fragte jeden Bewohner durch die Freisprecheinrichtung, ob sie wüssten, wo Frau Brandt sich befinden würde, und alle antworteten mir, dass sie tot sei. Sie wäre auf die Brüstung des Balkons gestiegen und hätte sich kopfüber in den Tod gestürzt. Sie sei dabei beobachtet worden."

Würden die Raketen nicht pfeifen, die Feuerwerkskörper nicht explodieren, die Menschen nicht jubeln und feiern, würde ich eine Stille vernehmen, die mir nicht still erscheinen würde. Schreie im Kopf sind unerträglich. Wie gern würde ich mir den Schädel aufschneiden und mein Gehirn herausheben. Wie fühlt es sich an, nicht zu denken?

„Hast du über Meditation nachgedacht?", fragt Ani.

„Wie kommst du darauf?"

„Ich glaube, du brauchst Frieden, Ina, und ich habe gelesen, dass Meditation hilfreich sei, diesen Frieden zu erreichen. Wir könnten es zusammen versuchen. Hast du Lust?"

Ich lache und dann weine ich, um daraufhin wieder zu lachen.

„Warum lachst du?"

„Du bist die beste Freundin, die man sich nur wünschen kann. Ja, wir machen das zusammen und dann schauen wir nach vorn, nicht wahr?"

„Es geht immer nur vorwärts, Ina."

Ich schnippe die nächste Zigarette auf die Straße, dann krame ich die Schachtel Zigaretten aus der Jackentasche und werfe sie in einen Mülleimer.

„Du machst mir immer nur Sorgen, Perle."

„Ich weiß und ich frage mich oft, warum wir noch befreundet sind."

„Weil wir Eins sind, Ina. Ich bin doch nur ein Produkt deiner Fantasie und das weißt du ..."

Ich weine und möchte Sekt trinken, doch ich habe die Flasche auf dem Bordstein stehen lassen.

„Schön, dich zu haben, Ani", sage ich, doch sie sagt nichts mehr.

Ich schaue auf mein Handy und ich erinnere mich. Mein Akku war vor Stunden schon leer.

Ich werde erwachsen, Papa. Schaust du auf mich?

25

Zwei Wochen vor Georgs Tod

Es ist eine milde Sommernacht. Eine Nacht, in der ein dünnes Strickjäckchen ausreichen würde, um der Frische der Gebirgskette etwas entgegenzubringen. Die Sterne funkeln und Georg und Leonie liegen etwa hundert Meter vor dem Hotel im Gras, beide mit nur einem Shirt bekleidet, und blicken hoch. Einige hundert Meter weiter glitzert ein Hochgebirgssee. Die ursprüngliche Verabredung sollte am Ufer stattfinden, doch wie in jedem Jahr wurde der See gesperrt. Vorgenommene romantische Verabredung am See findet in der Vorstellung statt. Zwei Erwachsene stellen sich also vor, unter dem Halbmond zu kichern und sich mit Wasser zu bespritzen.

„Es ist jedes Jahr immer das Gleiche", sagt Georg und schaut rüber zu Leonie. Sie lächelt und mit ihrem Lächeln steckt sie Georg an. *Es ist jedes Jahr immer das Gleiche*, denkt er sich noch einmal und die Fibonacci-Folge dreht sich in die Unendlichkeit: *Es ist jedes Jahr immer das Gleiche.* Endlose Nächte mit endlosen Gesprächen und beides kann niemals endlos sein, denn im Grunde verfliegen die zwei Tage so schnell, als seien sie nur ein Atemzug gewesen.

„Ja", sagt sie, „es fühlt sich endlos und kurzweilig an, so, als würde sich das Leben einen Spaß mit uns erlauben. Es ist witzig."

„Ja, und unerträglich."

„So ist es, wenn sich Seelen wiedertreffen. Physikalische Gesetze gelten nicht für Seelen."

„Hat dir schon mal jemand gesagt, dass du irre bist?"

„Irre aus Leidenschaft, Señor Georg."

„Hast du Lust, mich auf mein Zimmer zu begleiten?"

Leonie schluckt, hält kurz inne, rechnet sich den möglichen Ablauf ihrer gemeinsamen Zeit aus und flüstert errötet: „Ich warte seit Jahren auf nichts anderes."

Sie stehen auf, Leonie hakt sich bei ihm ein, legt ihren Kopf auf seine Schulter und denkt sich: *Ob sich unsere Seelen wirklich kennen? Ich möchte dich lieben, Georg, und vor Freude so lange schreien, bis meine Stimme versagt.*

Georg denkt sich: *Verzeih mir, Amelie, ich liebe eine andere Frau.*

Sie stolpern ins Hotel und lachen. Leonie hakt sich aus, weil es sich so bequemer läuft, und Georg greift nach ihrer Hand. Sie küsst ihn auf die Wange und er errötet. Über die schmalen Korridore des Hotels gelangen sie zu seinem Zimmer. Er öffnet die Tür und sie sperren alles aus, was nicht in das Zimmer gehört – Georgs Familie, die Zukunft und die Vergangenheit.

„Unsere sichere Zone", flüstert Leonie, legt sich aufs Bett und Georg legt sich zu ihr.

„Mein Herz rast", sagt er

„Meins auch, Georg."

Sie küssen sich nicht, weil Leonie nicht den ersten Schritt machen möchte.

Er muss sich für mich entscheiden, denkt sie, *ich möchte ihn nicht verführen.*

Küss mich endlich, denkt sich Georg, *den ersten Schritt ... Den wage ich nicht.*

Mit diesen sich drehenden Gedanken liegen sie im Bett.

Er muss sich für mich entscheiden. Ich möchte ihn nicht verführen.

Küss mich endlich. Den ersten Schritt ... Den wage ich nicht.

Die Schultern und Hände berühren einander und es liegt eine Spannung in der Luft, von der Leonie sagen würde, *unsere Seelen tanzen* und Georg behaupten würde, *die Hürde scheint unüberwindbar zu sein.*

Er muss sich für mich entscheiden ...

Küss mich endlich ...

Sie schweigen und noch nie war Schweigen so wunderschön wie in diesem Augenblick.

Für Leonie fühlt es sich so an, als sei dies die Geburtsstunde einer neuen Welt.

Georg war noch nie so sehr bei sich und seinen Gefühlen wie jetzt.

Beide vernehmen eine Schönheit und während sich Leonie eine Verschönerung wünscht, die nur mit einem Höhepunkt erreicht werden kann, wünscht sich Georg, diese schweigsame Schönheit festzuhalten. Doch ebendieser unterbricht die Herrlichkeit: „Ich liebe dich, Leonie. Seit sechs Jahren liebe ich dich und es zertrümmert mich, jedes Mal nach unserer Tagung zurück zu meiner Familie zu fahren, neben einer Frau zu liegen, von der ich nicht weiß, wie sehr oder ob ich sie überhaupt liebe. Ich habe Sex mit ihr. Mal mehr und mal weniger, doch eigentlich schlafe ich mit dir, Leonie, denn ich stelle mir vor, wie du es bist, die sich an mir festkrallt. Wie du es bist, die in Ekstase gerät, und ich weiß, dass sich meine Frau einen anderen Mann vorstellt. Bedeutet dies, eine Ehe zu führen? Vor sich hinzuvegetieren und ein Leben zu führen, das einen nicht glücklich macht? Und wenn man selbst nicht glücklich ist, kann man glückliche Kinder großziehen oder werden sie verdorben aufwachsen? Ina und Mathea sind unglückliche Kinder geworden. Das war nicht immer so. Ich glaube, ich bin ein schlechter Vater."

Leonie dreht sich zu Georg – *ich küsse ihn jetzt* – und presst ihre Lippen auf seine.

Georg:

*S*o fühlt es sich also an, eine Frau zu küssen, nach der man sich verzehrt. Ich kenne dieses Gefühl. Weißt du noch, Amelie? Wir hatten ähnliche Nächte. Und wenn wir ähnliche Nächte hatten, bedeutet es, ich werde mit Leonie ähnlich unglücklich, wie ich es mit dir bin? Wird sie mich betrügen, weil ich ihr ebenso wenig genügen werde wie dir? Spielen wir es durch: Ich verlasse dich und mein Leben wiederholt sich. Eine Unglücksschleife bindet sich.

Ich umarme sie küssend und ihre Haut ist weich und ihre Lippen ein Bett und ihre Zunge zeigt mir einen neuen Weg und am Wegesrand wachsen fabelhafte Blumen, die singen und tanzen. Wunderherrlich.

Leonie:

*E*r ist ein guter Küsser. Jetzt habe ich doch den ersten Schritt gewagt. War es richtig, mich unter Wert zu verkaufen? Sollten wir nicht aufhören, aufstehen und eine kleine Wanderschaft bis zum See und wieder zurück unternehmen, bevor es in etwas endet, das wir beide bereuen könnten? Ich liebe dich, Georg. Seit sechs Jahren tue ich nichts anderes und noch nie hat sich mein Herz voll und leer zugleich angefühlt. Man könnte also sagen, es sei voll leer. Ich fange an zu lachen und du weißt nicht, wieso, und zugegebenermaßen, ich auch nicht. Es fühlt sich an, als würden Wildschweine in mir wüten, meinen Bauch umgraben und ich weiß, es werden auf diesem umgewühlten Boden nährstoffreiche Pflanzen wachsen.

„Warum lachst du?", fragt Georg, weil er mitlachen möchte.

„Ich fühle eine jugendliche Leichtigkeit. Wie schön, sich noch einmal fünfzehnjährig fühlen zu dürfen."

„Sechs Jahre lang hat es gedauert, bis wir uns geküsst haben."

„Es ist absurd gewesen, so lange gewartet zu haben", sagt Leonie und sie dreht sich auf den Rücken und kichert: „*Wie frei kann man sich fühlen?* Das habe ich mich immer gefragt, Georg. Noch nie habe ich mich so gefühlt wie jetzt. Ich möchte dich lieben."

„Ich möchte dich auch lieben", und er küsst sie, zieht sie aus, zieht sich aus, doch ein schlaffer Penis macht es ihm unmöglich, Leonie zu spüren.

Georg:

*H*abe ich mich all die Jahre etwa getäuscht? Sagt mir mein Körper gerade, dass ich mich verlaufen habe? Ein *hör zu, Junge, deinem Verstand kannst du etwas einreden, mir aber nicht*? Bedeutet es, ich habe mich nur nach dem gesehnt, was mir mit Amelie abhandengekommen ist? Unmöglich. All die Nächte der Sehnsucht. All die geheimen Tränen während der Autofahrt zur Arbeit und zurück. Wie oft habe ich auf beschlagenen Fensterscheiben ein Herz gemalt und dabei an dich gedacht, Leonie? Jedes Jahr während der Tagung verschwindet die Aschewolke über mir und meine Schritte sind nicht weiter mühselig.

„Es ist unfair", sagt Georg.

„Du machst dir zu großen Druck, Liebster. Komm und leg dich zu mir. Wir werden nackt nebeneinander liegen und sobald du dich wohlfühlst, verschmelzen wir. Deine Seele ist nervös und das zeigt mir nur, wie sehr du dich auf diesen Moment gefreut hast. Ich finde das niedlich und es schmeichelt mir."

„Vielleicht soll das nicht so sein. Wir sollten uns anziehen und Freunde bleiben. In den vergangenen Jahren waren wir nichts anderes. Wir lieben uns überhaupt nicht, es ist nur eine Mischung aus Sympathie und Fantasie. Der Vorhang wurde beiseitegeschoben und hinter diesem Vorhang ist nichts gewesen. Wir haben ein leeres Geheimnis gelüftet."

Ein leeres Geheimnis? Mehr bin ich nicht?, denkt sich Leonie.

„Du bist im falschen Theater. Ich warte hinter einem anderen Vorhang auf dich!"

Leonie ist aufgebracht. Sie zittert.

Ein schlaffer Penis, na und?, denkt sie, *Männer glauben auch, ihr bestes Stück sei der heilige Gral*!

Georg verlässt das Bett und zieht sich hastig seine Kleider über.

„Zieh dich an, Leonie. Wir sollten etwas essen gehen. Wir haben sicher nur Hunger und nach dem Essen werden wir darüber lachen, was hier und jetzt geschieht."

Leonie verschränkt die Arme: *Oder bin ich ihm etwa zu unattraktiv? Er hat mir bereits gebeichtet, dass er Frauen mit rotem Haar und grünen Augen bevorzuge, und mein Haar und meine Augen sind braun. Wie naiv war ich zu glauben, ich dürfte Teil seines Lebens sein.*

„Du verpasst die Möglichkeit, Teil meines Lebens zu sein", sagt sie, doch Georg öffnet die Zimmertür, steht an der Türschwelle und sagt: „Ich warte im Restaurant auf dich."

Georg geht mit gesenktem Kopf zum Restaurant und wartet. Leonie verlässt sein Zimmer und geht in ihres – ihr ist der Appetit vergangen und so wartet Georg und er bestellt sich ein Menü und schlägt sich mit den flachen Händen an die Schläfen.

Ich bin dumm, dumm bin ich. Habe ich wirklich geglaubt, ich würde eine andere Frau außer Amelie lieben können? Oder irre ich mich in meinem Irrglauben? Eins plus eins ergeben zwei. Mein Verstand funktioniert noch, aber es fühlt sich nicht danach an, bei Sinnen zu sein.

Der Kellner serviert das Menü, doch Georg steht auf, lässt fünfzig Euro liegen und verlässt das Gebäude – ihm ist nicht nach Essen zumute. Er blickt in den Himmel, wirft sich auf die Knie, weint und flüstert: „Ich glaube, ich empfinde nichts mehr für dich, Amelie. Aber ich wünsche mir nichts sehnlicher, als bei dir zu liegen – Arm in Arm, kichern, deinen Duft einatmen und dir wilde Geschichten erzählen. Erinnerst du dich an den dreibeinigen Piraten? Wie schön du in meinem Arm gelacht hast. Klammere ich mich an Zeiten, die vergangen sind und nie wiederkehren werden?"

Georg schweigt und weint nicht mehr. Er wendet seinen Blick vom Mond ab und lächelt. Dann steht er auf, geht zurück ins Hotel, läuft durch die engen Korridore, geht zu seinem Zimmer – Leonie ist fort – läuft zu ihrem Zimmer und klopft an ihre Tür. Sie öffnet sie und ist nur mit einem Bademantel bekleidet.

„Verzeih mir", sagt er.

„Wie könnte ich nicht?", antwortet sie.

Er packt sie, küsst sie, stolpert mit ihr zum Bett und sie werfen sich darauf.

„Ich liebe dich, Leonie."

„Bist du sicher, dass du das willst?"

„Ich möchte heute Teil deines Lebens sein und ab morgen verschwinden wir zurück in unsere Leben. Was denkst du?"

„Es ist eine fürchterliche Idee, doch auf diese Erinnerung möchte ich nicht verzichten."

Georg und Leonie haben Sex und sie erleben eine Nacht wie keine vor ihr.

Eine unendliche Nacht, die wie im Fluge vergangen ist, werden sie am nächsten Tag feststellen. Doch jetzt reden sie und verbringen eine schlaflose Zeit. Mit ihren Worten malen sie sich fantasievolle Welten, über die sie lachen, so lange und so laut, bis sich die Bäuche krampfen. „Sex, reden und lachen", sagt Georg, „es gibt kaum etwas Schöneres."

Am nächsten Morgen tauschen sie nach sechs Jahren ihre Nummern aus. Ein Novum, das bei Georg Gewissensbisse verursacht: *Ich bin ein untreuer Mann.*

26

„Ich glaube, ich werde sterben, Niko."

Georg und Niko sitzen im Café, zwischen ihnen brennt eine Kerze. Das Licht flackert und Georg starrt in die zuckende Flamme.

„Erzähl keinen Quatsch."

„Doch, Niko, ich werde sterben. Ich spüre es. Ich habe es letzte Woche beendet und es fühlt sich nicht nur an, als würde ich von innen verbrennen. Es fühlt sich an, als würde ich mich auflösen. Und wenn ich mich aufgelöst habe, wird es so sein, als hätte es mich nie gegeben. Wer war Georg Friedrich und wofür hat er gelebt? Ja, wofür lebe ich überhaupt? Und weil ich es nicht mehr weiß, werde ich sterben. So etwas nennt man Logik, so einfach ist es."

„Zuallererst: Was genau hast du beendet?"

„Seit sechs Jahren trage ich ein Geheimnis in mir. Wer spricht schon gern von seinen Verfehlungen? Ich habe mich in eine andere Frau verliebt. Und ja, richtig, ich habe sie vor sechs Jahren kennengelernt. Sie war Rednerin auf der alljährlichen Firmentagung und heißt Leonie. Sie ist nicht einmal mein Typ, Niko, und doch trifft sie genau meinen Geschmack, denn sie ist lebensfroh und sie lacht laut und überhaupt glaube ich, dass sie nicht mehr alle Tassen im Schrank hat. Sie ist eine dieser Frauen, mit der man nicht nur Pferde stehlen kann, sondern den ganzen Bauernhof und anschließend eine Ehrenrunde dreht. Verstehst du mich? Nein? Sie ist ein wunderschöner Mensch, Niko, und ich hatte von Anfang an keine Chance."

Niko reibt sich die Stirn.

„Ich hasse es, wenn du so geschwollen sprichst. Hast du mit ihr geschlafen?"

„Ja."

„Und du liebst sie."

„Das tue ich."

„Und du hast sie verlassen."

„Ich bin zum Scheitern verurteilt. Gehe ich, verliere ich meine Kinder. Bleibe ich, verliere ich nur Leonie."

„Du verlierst deine Kinder auch dann, wenn du unglücklich bei Amelie bleibst. Das geht nicht spurlos an euch allen vorbei."

„Amelie hat mich betrogen. Vor etwa sieben Jahren."

„Amelie würde dich niemals betrügen, du Idiot."

„Ich habe ihre Nachrichten gelesen."

„Dann hast du etwas missverstanden. Glaub mir, sie würde dich niemals hintergehen. Und seit sieben Jahren gehst du davon aus, dass sie dich betrogen hat?"

„Ja."

„Sagen wir mal, du hast nichts missverstanden. Das würde bedeuten, dass ihr euch Schmerz und Leid für das Wohl eurer Kinder aufgebürdet habt, damit sie nicht leiden, obwohl sie doch unter euch leiden. Ihr zwei seid echte Genies."

„Wenn ich morgen doch nicht sterben sollte, werde ich mich ändern. Ich werde wie früher sein und Amelie wird sich neu in mich verlieben. Ich werde wieder der lustige Kerl sein und erzähle blödsinnige Geschichten."

„Nimm es mir nicht übel, aber du hast seit Jahren nicht mehr gelacht. Also gelacht schon, aber … Man, Georg, du hast dich vor Jahren bereits verloren. Setz dich mit Amelie zusammen, trinkt einen Wein und sprecht miteinander."

„Meine Entscheidung steht fest. Ich werde meinen Weg mit Amelie gehen, auch wenn es mich mein Leben kostet."

„Warum sind wir hier? Sicher nicht, um mir das alles zu erzählen."

„Sollte ich sterben, möchte ich, dass du Leonie diesen Brief überreichst."

Georg reicht ihm einen Briefumschlag herüber und Niko nimmt ihn skeptisch entgegen.

„Von all deinen Irrsinnigkeiten übertrifft diese Schwachsinnigkeit alles bisher Geleistete. Aufgrund von Liebeskummer stirbt man nicht."

„Schon mal etwas vom Broken-Heart-Syndrom gehört?"

„Ist das eine Krankheit?"

„Informiere dich einfach."

Eine Kellnerin nimmt die Bestellung auf. Niko bestellt sich einen Kaffee und Georg ein Wasser. Die beiden Freunde schweigen. Der eine schaut zu Boden, der andere an die Decke. Die Getränke werden serviert und die hübsche Kellnerin hinterlässt Niko ihre Telefonnummer auf einem Stück Papier. Er greift sich das Papier, schaut kurz drauf, faltet es und steckt es sich in die Brieftasche.

„Was soll dieses Schauspiel?", fragt Georg.

„Was meinst du?"

„Wieso wirfst du den Schnipsel nicht gleich weg? Du bist seit Jahren mit keiner Frau ausgegangen."

Niko beugt sich nach vorn.

„Du musst nicht alles wissen."

Georg lacht, nimmt einen Schluck von seinem Wasser und beugt sich auch nach vorn.

„Ich weiß es."

„Was glaubst du, zu wissen?"

Georg lehnt sich wieder in seinen Stuhl zurück: „Ich glaube zwar nicht, dass du dich bei der Kellnerin melden wirst, aber falls du es doch in Erwägung ziehst, warte bitte zwei Wochen."

„Auch wenn ich die Antwort bereuen sollte: Warum?"

„Falls ich sterben sollte, möchte ich, dass du und Amelie zueinanderfindet."

„Du bist die bescheuertste Georgversion, die ich bisher kennenlernen durfte."

„Sie findet dich toll, Niko. Ich sehe es ihr an. Sie mag dich auf eine Weise, die mit Leichtigkeit in Liebe umschwenken kann. Es ist eine respektvolle, hochangesehene Sympathie, eine Bewunderung, die mit einem Lächeln und leuchtenden Augen einherkommt. Du musst sie mal über dich sprechen hören. Immer wieder fragt sie mich, wie es nur sein könne, dass du noch alleinstehend bist. *So ein toller Mann.* Nicht einen Ton habe ich darüber verloren, dass du sie heimlich begehrst. Ich habe meine Beobachtungen für mich behalten."

„Deine Beobachtungen sind falsch."

„Lüg mich nicht an, ich bin nicht blöd, Niko! Ich habe Augen und Ohren."

„Okay, das war's, meld dich bei mir, wenn du wieder bei Sinnen bist."

„Bevor du gehst, stell dir nur eine Frage."

„Welche sollte das sein?"

„Was wäre, wenn ich morgen schon tot wäre. Gestorben am Broken-Heart-Syndrom. Könntest du dir verzeihen, jetzt gegangen zu sein?"

Niko lacht und lässt zehn Euro liegen: „Ich gehe jetzt, Georg, wir hören uns morgen. Schlaf dich aus und ruf mich an, sobald du Zeit findest."

An der Tür bleibt Niko kurz stehen, legt seinen Kopf in den Nacken, dreht sich um und setzt sich zurück zu seinem Freund.

„Okay, erzähl mir von Leonie und erzähl mir von Amelie. Erzähl mir alles, was dir durch den Kopf geht. Solltest du morgen sterben, möchte ich alles von dir gehört haben."

„Ich hatte mindestens einen glücklichen Tag, den es sich zu leben gelohnt hat ..."

27

Ich zünde mir eine Zigarette an, die Sonne ist warm, die Luft mild – ein schöner frühsommerlicher Morgen, um die Schule am Kanal zu schwänzen. Ich liebe es, den Vögeln beim Zwitschern zu lauschen. Ich liebe die Spiegelungen im Wasser, das Schwappen am Ufer und das Glitzern der Wellen unter der Sonne.

Papa ist tot. Wie gern hätte ich ihn von seiner Leonie-Seite kennengelernt. Die *schau mich an, ich lächle und dieses Lächeln ist nicht vorgetäuscht*-Seite. Ich wünschte, er wäre jetzt hier bei mir am Kanal. Ich hätte ihn gefragt: *„Wie fühlt es sich an, glücklich zu sein?"*, und er hätte mir geantwortet. Und dann hätte ich ihn gefragt: *„Wie fühlt es sich an, sich für die Traurigkeit entschieden zu haben?"*

Vielleicht hätte er gesagt: *„Ich erkläre es dir bei einer Partie Schach."*

Und wir wären mit unseren Fahrrädern nach Hause gefahren und er hätte mich mit seinem *Läufer* Schach gesetzt und sowas gesagt wie: *„Ich weiß nicht, wie sich Glück anfühlt, denn ich habe es mir stets schwierig gestaltet."*

Hypothetische Annahmen sind unbrauchbar. Hypothetische Annahmen sind nutzlose Fantasien.

Ein Schmetterling flattert an mir vorbei. Ob es Papa ist? Wiedergeboren und zu mir geflattert? Sind die Flügelschläge des Schmetterlings Morsezeichen? *Ich kann sie nicht lesen, Papa.* Ich lache laut, lege den Kopf in den Nacken und lache lauter. So, als wäre ich nicht traurig darüber, dass er nicht mehr bei mir ist. So, als wäre ich über sein Ableben vergnügt, erheitert, belustigt. Dann verstumme ich und schaue nach dem Schmetterling. Er ist fort. Wie Papa. Einfach weg. Nur eine Erinnerung.

Das Schuljahr ist bald beendet und ich werde es wiederholen – egal. Ich fange von vorn an. Wen kümmert's? Mich nicht.

Mama und Niko sind ein Paar, wie Mama es mit Papa nie war. Er wohnt noch nicht bei uns, aber das soll sich ändern. Sie starten bald einen Zusammenleben-Versuch. Sie sind glücklich, ohne viel zu lachen. So etwas soll es geben, das habe ich mal gelesen. Sie kochen gemeinsam, verabreden sich zum Spazierengehen und neulich waren sie im Kino. Das Verhältnis zwischen ihnen stört mich ... nicht. Wir leben nur einmal und wir sollten in diesem Leben glücklich werden – irgendwie. Das sind wir unserem Leben schuldig. Also warum sollte mich Niko an Mamas Seite stören? Weil ich mir etwa eine heile und glückliche Familie gewünscht habe? Sind meine Wünsche denn so viel wertvoller als die Wünsche anderer? Ich denke, sie sind gleich.

Ich habe jetzt Freunde gefunden. Vor einigen Monaten standen Sophia und Alex vor meiner Haustür, und Alex wirkte schüchtern auf mich. Er schaute auf den Boden, vermied meinen Blick, dabei wollte ich ihm in seine eisig blauen Augen schauen.

„Wir wollten dich fragen, ob du mit uns ins Kino möchtest", sagte Sophia und es fühlte sich an, als würde sich eine Pforte öffnen. *Lauf hindurch und vergessen werden die Regentage bei Sonnenschein sein.* Ich folgte ihnen und nach dem Film gingen wir in ein Café und der schüchterne Alex war nicht weiter schüchtern. Er lachte und erzählte und verschluckte sich lachend. Seit diesem Tag sind wir drei die besten Freunde geworden und fahren viel Fahrrad, telefonieren täglich und Sophia schaut mir dabei zu, wie ich Alex im Schach besiege. Wenn wir bei mir zu Hause spielen und Mathea zuschaut, ziehe ich Grimassen, und sie lacht, und ruft dann immer: *„Wie Papa."*

Ich bin in Alex verliebt und ich glaube, er ist in mich verliebt. Ich behalte meine Gefühle für mich, denn eine beste Freundschaft ist mir gerade wichtiger als eine vergängliche Liebe. Vielleicht war dies die Lehre meiner Eltern gewesen: *Nutze etwas Wunderbares nicht einfach ab. Bewahre dir den Zauber.*

Ich ziehe an der Zigarette und schaue in den Himmel: „Sorry, Paps, hab mich doch fürs Rauchen entschieden. Vielleicht ändere ich meine Meinung, wenn ich älter geworden bin."

Ich schaue auf mein Handy. Es ist zehn Uhr zwanzig und Michael sollte gleich um die Ecke kommen.

Er ist mir auch ein Freund geworden, wenngleich Freundschaft vielleicht etwas zu viel des Guten ist, aber manchmal warte ich hier am Kanal auf ihn und wir unterhalten uns. Über das Leben und seine Tragik, und es erfüllt mich mit Freude. Vielleicht mag ich ihn, weil er wie ein Papa ist. *Du erkältest dich noch. Du denkst naiv, ändere die Perspektive ... Du bist noch jung, erheitere dich an deinen jetzigen Sorgen, denn es werden welche kommen, die stampfen dich in den Boden ...* Ja, irgendwie mag ich ihn, weil er mich nervt.

Ich war noch nie bei ihm, aber das will ich auch nicht. Hier habe ich ihn kennengelernt. Hier wird unsere Bekanntschaft eines Tages enden. Ich weiß: Nichts ist für die Ewigkeit. Niko sagte mal: „*Genießen wir es, solange es anhält.*" Er meinte, Papa hätte das wohl immer gesagt, aber ich glaube ihm nicht. Ich glaube, es sind seine Worte und bescheiden wie er ist, legt er sie in Papas Mund.

Einmal sagte ich, das Leben sei ein Supercomputer und Niko lachte. Warum er lachen würde, habe ich ihn gefragt und dann sagte er: „*Das hat dein Vater auch mal gesagt.*"

Ani ist weg. Mein anderes Ich hat sich verkrümelt und ein wenig fehlt es mir. Ich glaube, Ani hat ihren Platz für reale Freunde geräumt. Es war wie ein: *Du brauchst mich nicht mehr. Freunde dich an. Liebe. Leide. Verzweifle. Lebe, Ina, lebe, bis du des Lebens überdrüssig geworden bist. Ich bin noch immer in dir und wenn du mich brauchst, werde ich dir wieder Gesellschaft leisten.*

Michael meinte, er hätte auch mal einen imaginären Freund gehabt, denn er war einsam und niemand ist gern einsam.

Da kommt er auch schon in seinem gewohnt unsicheren Gang. Seine Beine sind dünn und sein Gesicht schmal. Als er mich sieht, lächelt er und ich winke. Ich setze mich auf den Trampelpfad.

„Schon wieder hier? Wenn das zur Gewohnheit wird, werden wir ja noch richtige Freunde."

Er hält mir zur Begrüßung seine Faust hin.

„Irgendwann wird auch das hier Geschichte sein und ich werde zurückblicken und mich an den merkwürdigen Spaziergänger zurückerinnern", sage ich mit der Zigarette im Mund, stupse seine Faust mit meiner an und biete ihm eine Zigarette an.

„Ich rauche doch nicht mehr."

Er setzt sich und wir schweigen, bis es mir zu schweigsam wird.

„Ich habe nachgedacht, Michael."

Die Zigarette ist aufgeraucht, ich lösche die Glut und stecke den Zigarettenstummel in meine Hosentasche.

„Na los, hau mal raus."

„Ich möchte ein lebenswertes Leben geführt haben."

„Wann ist ein Leben denn lebenswert?"

„Gute Frage."

Ich zünde mir die nächste Zigarette an, ziehe an ihr, lächle und puste den Qualm aus.

„Ich wünsche mir, dass mein Vater mindestens einen glücklichen Tag hatte, den es sich zu leben gelohnt hat …"

28

Georg

Was ist das – dieses komische Gefühl in meiner Brust? Blute ich etwa? Ich taste mich ab, doch dort ist keine Wunde. Es fühlt sich an, als hätte ich ein Loch im Herzen.

Wie schön ihr alle ausseht, wie schön ihr alle von innen golden leuchtet. Ich sehe ihn, diesen leuchtenden Schimmer in euch. Amelie, meine entzückende Frau, ich sterbe gerade. Der Schmerz in der Brust breitet sich aus. Es ist ein entsetzliches und zugleich entlastendes Gefühl. Es wird der letzte Schmerz in meinem Leben gewesen sein. Ich habe das Leben geschafft, mit all seinem Unglück und Leid. Mit all seinen Tücken und Sehnsüchten. Verzeih mir, Leben, dass du mir nicht genug warst. Verzeiht mir, meine Liebsten, dass ich mich euch viel zu lang entsagt habe. Ich werde es demütig flüstern, nein, aufrichtig sagen, nein, schmerzvoll schreien werde ich es: *Ich liebe euch. Nichts anderes habe ich getan, als euch zu lieben.*

Habe ich wirklich nie etwas anderes getan? War ich mir denn nicht eine geraume Zeit am wichtigsten? Meine Lippen bewegen sich nicht – vielleicht, weil es eine Lüge wäre, zu behaupten, dass ich nichts anderes getan hätte, als euch zu lieben. Nun denn, dann möchte ich euch und mir eingestehen, dass ich ein fürchterlicher Vater und Ehemann war: *Ich bin ein Schwein. Zu lieben, scheint mir fremd zu sein, doch ich beabsichtigte, mich wahrlich zu ändern.* Aber auch diese Worte sind dazu verdammt, belanglose Gedanken zu bleiben. Meine Lippen rühren sich nicht. Vielleicht sollte ich aufstehen, mir einen Stift und einen Zettel schnappen, ein Herzchen malen, lächeln und ins Jenseits übergehen. Ich bleibe sitzen. Mein Gehirn hat keine Befehlsgewalt mehr inne. Die Rebellion des Todes siegt und mein Leben schwindet dahin. Ich finde, es ist ein schöner Tod. Gibt es denn etwas Tröstlicheres, als die Lieben seines Lebens im letzten Atemzug bestaunen zu können? Ihr seid alle hier: Amelie, Mathea und Ina. So schön seid ihr, so unglaublich schön. Wieso, o Leben, habe ich es nur so selten empfunden wie jetzt?

Ich kann nicht sprechen, aber vielleicht, ja, vielleicht, wenn ich es denke, könnt ihr es fühlen: *Ich liebe euch! Ina, sei dir ein guter Mensch. Ich sterbe und ich fürchte ... ich fürchte ... was ich sagen will – du brauchst keinen Kontrahenten. Bestrafe dich nicht, nur weil du mich nicht weiter bestrafen kannst.*

Mathea, du glaubst, ich wüsste nichts von deiner Hochbegabung. Wie gut du Schach spielst, hast du versucht, mir zu verschweigen, doch ich bin nicht blind und vor allem nicht taub. Du hast Züge geflüstert, die zu deinen Siegen geführt hätten. Amelie, ich liebe dich, so sehr liebe ich dich.

Liebe ich dich tatsächlich, Amelie? Schließlich sterbe ich am Broken-Heart-Syndrom. Zwangsläufig gelten meine Gedanken dir, Leonie. Was bedeutet es für mich, hier bei meiner Familie zu sein. Ist es wirklich ein tröstlicher Tod? Wohl kaum. Ich müsste bei Leonie sein. Und wenn ich nun bei Leonie wäre, würde ich nicht am Broken-Heart-Syndrom leiden und müsste nicht sterben. Ich habe mein Leben vergeudet. Für die Familie. Für meine Töchter. Für die Liebe, die sich ausgeliebt hat. So ist es. Nichts anderes kann es sein. Ich sterbe, weil ich mich nicht für das Leben entschieden habe. Ich bin ein Narr. Entschieden habe ich mich, doch für wen? Nicht für meine Töchter, nicht für meine Frau, für mich allein habe ich mich entschieden und suche während meines Todes noch nach Ausflüchten. Ein Hochstapler, ein armseliger Heuchler bin ich. Sterben soll ich, jetzt, denn ich bin mir meiner Gedanken nicht mehr würdig und der Welt erst recht nicht. Ich sollte also denken: *Wie gern würde ich bei Leonie in ihren Armen sterben. Noch einmal in ihre Augen blicken. Ihre Lippen spüren. Ihre Haut berühren.* Doch ich denke es nicht. Diesen Gedanken mangelt es an Fülle.

Doch ... Falls ich nicht am Broken-Heart-Syndrom sterbe, sondern an einem gewöhnlichen Herzinfarkt, so dürfte ich mich glücklich schätzen, hier in meinem Haus am Frühstückstisch zu sitzen. Bei euch, meinen Liebsten.

Ich weiß nicht, wie ich mich während meines Todes fühlen soll. Wie fürchterlich …

Danksagung

Ich danke meiner Lektorin Frau Dr. Alexandra Sept und meiner Covergestalterin Laura Newman.

© 2025 Theodoros Iatridis
Verlag: BoD · Books on Demand GmbH, Überseering 33,
22297 Hamburg, bod@bod.de
Druck: Libri Plureos GmbH, Friedensallee 273,
22763 Hamburg
ISBN: 978-3-8192-1124-9